KB124598

오르트 구름 너머

오르트 구름 너머

초판 1쇄 펴낸날 2023년 10월 19일

지은이 탁경은
펴낸이 홍지연

편집 홍소연 고영완 이태화 전희선
조어진 이수진 차소영 서경민
디자인 권수아 박태연 박해연 정든해
마케팅 강점원 최은 신종연 김신애
경영지원 정상희 여주현

펴낸곳 (주)우리학교
출판등록 제313-2009-26호(2009년 1월 5일)
주소 04029 서울시 마포구 동교로12안길 8
전화 02-6012-6094
팩스 02-6012-6092
홈페이지 www.woorischool.co.kr
이메일 woorischool@naver.com

©탁경은, 2023
ISBN 979-11-6755-233-4 43810

만든 사람들
편집 이태화
교정 김미경
디자인 박태연

탁경은 지음

오르트 구름 너머

차 례

오르트 구름 너머   7

엄마는 그곳에   35

골드베르크 변주곡   61

시드볼트   97

오늘은 내가 아웃   119

작가의 말   162

오르트 구름 너머

1

소율과 지율은 키, 몸무게, 혈액형, 발 크기, 손톱과 발톱의 모양, 머리카락이 자라는 속도, 나이, 지적 수준, 좋아하는 음식, 음악 취향, 엄마와 아빠가 같았다. 그러나 이런 점을 뺀 나머지는 매우 달라 공통점을 찾기 어려웠다.

소율은 못 말리게 호기심이 많았다. 세상의 이치와 자연 법칙과 과학 법칙의 원리 그리고 사람들을 몹시 궁금해했다. 사람들이 두고두고 기억해 주는 영웅이 되고 싶어 했다. 아빠를 존경하고 아빠처럼 과학을 좋아했다. 언젠가는 아빠처럼 유명한 사람이 되고 싶어 했다.

반면 지율은 자기 밖의 세계에는 관심이 없었다. 인간만큼 지구에 피해를 끼치는 악당은 없다고 생각했다. 해가 조금만 짧아져도 자주 우울했다. 언젠가 누구나 죽음을 맞이해야 한다는 점에서 세상이 조금은 공평하다고 생각했다. 방에서 책을 보거나 그림을 그리는 것이 지율의 유일한 낙이었다.

소율은 미래에 살고 지율은 과거에 살았다.

소율은 밤하늘의 별을 날마다 올려다봤다. 소행성을 처음 발견한 사람에게는 이름을 붙일 수 있는 권한이 주어진다고 들은 순간 얼마나 가슴이 떨리던지. 소율은 소행성을 발견해 자기 이름을 붙여 주고 싶었다.

지율은 자기 이름을 마음에 들어 하지 않았다. 이름처럼 중요한 걸 왜 자기가 아닌 다른 사람이 붙여 주는지 못마땅했다. 지율은 때가 되면 이름을 바꾸기로 결심했다. 대부분이 아빠 성을 따르는 관습도 불편했다. 이름을 바꿀 때가 되면 아빠와 엄마 중에 더 존경하는 사람의 성을 따르기로 마음먹었다.

'웃는 밤나무'를 뜻하는 소율과 '지혜로운 밤나무'를 뜻하는 지율은 비슷하게 생긴 서로의 얼굴을 힐끔힐끔 들여다보며 같은 질문을 자주 던졌다.

'우린 쌍둥이인데 왜 이렇게 다를까?'

오르트 구름 너머

소율과 지율의 아빠 한준원은 세계에서 가장 유명한 과학자였다. 준원이 등장하기 전까지 세계에서 가장 유명한 과학자는 아인슈타인과 스티븐 호킹이었다. 준원은 우주 항해 기술의 새 장을 열었다. 다른 업적도 많았지만 가장 큰 업적은 그러했다.

준원은 광자 추진체를 처음으로 개발하고 안정화했다. 이 기술이 개발되기 전에 사람들은 그토록 빠른 속도로 우주를 항해하는 일이 가능하리라 믿지 않았다. 그동안 추진체의 설계 결함이나 오작동으로 인한 폭발 사고도 빈번히 발생했다. 준원이 만든 광자 압축 추진체 기술은 태양계를 한층 더 가깝게 만들었다. 사람을 태우고 보름 안팎이면 화성까지 도달할 수 있었다.

우주 항해 기술은 첨단 과학의 각축장이었다. 워프 항법에 연구비를 쏟는 팀도 있었고 웜홀을 활성화해 웜홀 통로를 이용해야 한다고 믿는 연구자도 있었다. 문제는 웜홀 통로를 발견하고 안전하게 이용하는 방법을 찾아내는 일이었다. 그것은 엄청난 운이 따라야 가능한 일이었다.

준원은 웜홀의 존재에 연구의 성패를 기대고 싶지 않았다. 모름지기 과학자라면 우연이 아니라 기술로 정면 승부를 걸어야 한다고 생각했다. 준원은 빛에 가까운 빠른 속도만이 우주 항해 기술의 핵심이라고 믿었다. 물론 안정적이면서 완벽한 광자 추진체를 개발하는 과정은 쉽지 않았다. 숱한 실패를 겪어야 했다. 다행히 오랜 연구의 노력이 성공이라는 결실을 거두었다. 덕분에 인류는 화성과 목성을 짧은 시간 안에 오갈 수 있게 되었다.

엄청난 명성과 부를 얻었지만 준원은 만족하지 못했다. 그는 야심가였다. 늘 새로운 기술과 도전에 목말랐다. 그런 준원에게 남은 목표는 딱 한 가지였다. 빛의 속도에 도전장을 내미는 것. 빛의 속도까지는 무리겠지만 어쨌든 지금 추진체의 5배, 아니 10배 속도로 우주선을 이동시킬 수 있다면 어떤 일이 벌어질까? 웜홀 통로를 발견하지 못해 갈 수 없다고 지레 포기한 곳에 가 볼 수 있지 않을까? 무한대라고 착각할 만한 속도를 실제로 구현하고 그 안에서 엄청난 속도감을 몸으로 겪는다면 어떤 느낌일까? 인간의 몸이 그 엄청난 속도를 오롯이 견뎌 낼 수 있을까?

준원은 언제나 그랬듯이 새로운 도전을 앞두고 설렜지만 사람들은 그에게 딴지를 걸었다.

"지금도 충분히 빠른데 더 빠른 속도가 필요할까요?"

"웜홀 통로를 발견해 더 많은 행성계를 개척해야 한다는 목소리가 높은데요."

오르트 구름 너머

"사람의 몸이 그 엄청난 속도를 감당할 수 있다고 생각하십니까?"

사람들이 뭐라고 떠들건 준원은 빛의 속도에 몇 걸음 다가간 추진체 개발에 열을 올렸다. 먹는 시간마저 아까워 샌드위치로 끼니를 때웠다. 그렇게 5년이라는 시간이 훅 지나가고 드디어 더 빠른 속도로 나아갈 수 있는 추진체를 만드는 데 성공했다. 그날 준원은 두 팔을 번쩍 들어 올리며 혼자서 만세를 외쳤다.

이 엄청난 속도의 추진체를 뭐라고 불러야 좋을까. 빛의 속도를 닮고 싶었으니까 '광속 추진체'라고 해야겠다. 그렇게 이름을 짓고 기술 특허권을 등록했다.

사람들이 우려한 대로 가장 큰 난관은 인간의 몸이었다. 인체는 그 정도의 엄청난 속도를 한 번도 체험한 적이 없었다. 모의 우주선을 만들었지만 아무도 선뜻 실험에 참여할 의사를 밝히지 않았다.

당연한 이야기지만 속도가 빨라지면 그만큼 물체는 무거워진다. 그러므로 그 무게를 감당하려면 엄청나게 많은 에너지가 필요하다. 커다란 에너지원이면서 추진체에 부담을 주지 않을 수 있는 무게를 구현하는 일은 불가능에 가까운 이야기였다.

그렇다고 포기할 준원이 아니었다. 준원은 가장 좋아하

는 문장을 수십 번 중얼거리면서 의지를 다져 나갔다. 바로 20세기의 미국 대통령 존 F. 케네디의 말이었다.

"우리가 달에 가는 이유는 그것이 쉬운 일이 아니라 어려운 일이기 때문입니다."

어렵다는 것을 알고도 간다. 아니, 애초에 그 일이 어렵고 불가능하다는 사실을 알기에 도전한다. 이것이 준원의 좌우명이었다. 이 문장을 나침반 삼아 준원은 쉬지 않고 도전하며 살아왔다. 수많은 실패에 때로는 좌절했지만 기어이 다시 일어났다.

3

이제 준원에게 남은 방법은 딱 하나였다. 자기 몸으로 직접 실험을 해 보는 것. 광속 추진체 우주선을 타는 동안 생명 활동을 잠시 멈추는 특수 생체 캡슐을 개발하면 된다. 아니면 급속 냉동이 가능한 체임버를 개발해 항해하는 동안 냉동 수면을 하면 된다.

여러 실험을 거듭하다 준원은 가장 좋은 방법을 찾아냈다. 체임버의 문이 닫힐 때 특수 기체가 차올라 들이마시면 몸이 마취되고 동면 현상이 지속된다. 전반적인 몸의 생체 활동은 수면 상태와 비슷하게 저하된 상태이므로 장

오르트 구름 너머

시간의 우주여행을 견딜 수 있다.

이때 중요한 포인트는 특수 체임버의 내구성이다. 압력과 중력 가속도에서 우주선 안의 생명체를 보호하는 체임버를 만들기 위해 전 세계의 내로라하는 과학자들이 머리를 맞댔다. 그 결과 광속 추진체를 감당할 수 있는 부피와 질량 범위 내에서 가장 단단한 특수 체임버가 완성되었다.

준원은 자신의 실험 결과를 세상에 공개했다. 광속 추진체를 설치한 우주선을 타고 태양계를 훌쩍 넘어 인류가 가 보지 못한 곳까지 직접 탐사하겠다고 밝혔다. 이름하여 '오르트 프로젝트'였다. 준원의 가슴은 또 한 번 부풀어 올랐다. 이 프로젝트가 성공한다면 우주 항해의 역사는 처음부터 다시 쓰여야 할 테지. 태양계와 나머지 영역의 경계선 역할을 한다는 오르트 구름을 직접 볼 수 있을지도 모른다는 불가능에 가까운 상상을 하자 가슴이 두근거렸다.

"나도 갈래."

프로젝트를 발표한 날부터 소율은 준원의 팔을 붙들고 졸랐다. 몹시 위험한 일이라고, 돌아오지 못할 수도 있다고 아무리 말해도 소율은 고집을 꺾지 않았다. 소율은 열정이 넘치고 긍정적인 데다가 활달했다. 그리고 누구보다도 과학을 사랑했다. 준원에게 소율은 호기심 넘치는 기특한 딸이었다. 그렇다 하더라도 소율을 우주선에 태울 수는 없다. 사지에 자식을 데려가는 부모는 이 세상에 없다.

준원이 믿을 사람은 지율밖에 없었다. 준원은 지율에게 간곡히 부탁했다. 소율이 마음을 바꾸게 해 달라고.

"따끔하게 말할 수 있지?"

지율은 가만히 고개를 끄덕였다. 천생 과학자인 아빠와 달리 지율은 철학자에 가까웠다. 준원은 얼음장같이 차가운 지율의 말이 소율을 정신 차리게 해 주기를 바랐다.

4

"지금 그만두지 않으면 후회할 거야."

지율의 단호한 목소리에도 소율은 눈 하나 깜짝하지 않았다.

"나 혼자 유명해질까 봐 겁나?"

"완전 맛이 갔구나. 지금 유명해지는 게 중요해? 죽을 수도 있다고."

"아빠 말 못 들었어? 모의실험 결과가 완벽하다잖아."

기막히다는 듯 지율은 고개를 절레절레 저었다.

"실험이랑 실제랑 같아? 넌 지금 하나뿐인 목숨으로 도박하는 거야."

지율은 걸터앉았던 침대에서 일어나 소율이 있는 곳으

로 다가갔다. 소율의 책상 모서리를 두 손으로 짚으며 지율은 천천히 말했다.

"우주선에 타는 순간 우리는 다른 공간, 다른 시간을 사는 거야."

소율은 자신의 생체 워치를 만지작거리며 가만히 지율의 말을 들었다.

"다른 건 안 바라니까 우리 그냥 같은 공간, 같은 시간에 있자. 응?"

막바지에 다다라서 한결 부드러워진 지율의 말투에 소율은 잠깐 흔들렸다. 보고 싶겠지. 때로는 많이 그립겠지. 그렇지만 내가 안 가면 아빠 혼자 가야 하는데? 이 프로젝트가 성공한다면 아빠 혼자 영웅이 되는데?

"실패해도 사람들이 날 기억해 줄 거야."

소율의 말에 지율은 두 눈을 무섭게 부릅떴다.

"지금 그게 중요해?"

"중요해."

소율은 고개를 들어 지율의 날카로운 눈빛을 맞받았다.

"아인슈타인을 봐. 모든 사람이 그를 기억하잖아. 아빠도 그렇고."

"정신 차려. 사람들이 기억한다고 달라지는 건 없어."

소율이 자리에서 벌떡 일어났다. 그 바람에 바퀴 달린

의자가 뒤로 밀려났다.

"사람들한테 기억되면 죽어도 살아 있는 거야."

소율의 눈빛이 이글이글 타올랐다. 둘은 서로를 매섭게 노려보았다.

"난 절대 잊히고 싶지 않아."

소율의 말을 들을수록 지율은 가슴이 답답했다. 자신과 얼굴이 똑 닮은 소율이 내뱉는 말들이 도통 이해되지 않았다. 난해한 물리 법칙을 앞에 둔 것처럼 속이 울렁거리고 짜증이 밀려왔다. 인생은 한 번뿐이니까 소중한 것이고, 그러니 당연히 사랑하는 사람 곁에 있어야 한다고 지율은 믿었다.

지율이 한숨을 푹푹 내쉬다가 소율의 방을 나갔다. 혼자 남은 소율의 마음도 시끄러웠다. 새로운 도전을 앞두고 소율도 두려웠다. 아빠 말대로 이 실험이 성공할지 실패할지 알 수 없다는 걸 잘 알았다. 다섯 달이나 체임버 안에서 마취된 상태로 지내야 한다는 사실도 걱정스러웠다. 그래도 가고 싶었다. 그동안 쌓아 온 아빠의 노력이 찬란하게 빛나는 순간을 함께하고 싶었다. 우주 항해 기술이 한 단계 발전하는 기적 같은 순간을 직접 경험하고 싶었다.

지율의 말이 옳다. 사람들이 자신의 이름을 기억한다고 행복해지는 것은 아니다. 사람들이 자신을 진심으로 추모

해 준다고 죽는 것이 두렵지 않은 것도 아니다. 그래도 기억되고 싶다. 아주 잠깐이지만 자신이 지구에 태어나 살았다는 것을 많은 사람들이 알아주면 좋겠다. 그러면 프로젝트 도중에 죽는다 해도 허무하지 않을 것 같다. 아빠 딸로서 부끄럽지 않을 것 같다.

5

소율과 지율은 몇 번 더 말다툼을 했다. 치열하게 다툴수록 합의점에서 멀어졌고 서로에게 생채기만 냈다. 준원은 일단 딸들을 떨어뜨려 놨다. 방학을 핑계로 지율을 외할머니 집에 보냈다. 그동안 준원은 빠듯한 일정을 소화해내면서 계속 소율을 설득하려 애썼다. 하지만 소용없었다. 지율과 다투고 난 뒤 소율은 더 단단해져 있었다.

"소율아, 이건 하고 싶다고 해서 할 수 있는 일이 아니야. 너도 알잖아."

준원이 평소와 다르게 딱딱한 말투로 말했지만 소율은 꿈쩍도 하지 않았다.

"지율이랑 나랑 항공 우주국에서 우주 비행사 코스도 다 밟았는데?"

준원은 속으로 아뿔싸 싶었다. 되도록 여러 체험을 해

보게 하고 싶어 작년 여름 딸들에게 우주 비행사 코스를 밟게 했다. 그 덕에 소율과 지율은 언제 어느 때고 우주선을 탈 수 있는 예비 우주인 자격을 얻었다.

"공정성에도 어긋나. 네가 아빠 딸이라는 이유로 이 프로젝트에 참여하면 사람들이 수군댈 거야. 우주인으로서, 지구인으로서 지켜야 할 원칙과 윤리 의식이 있는 거야."

소율은 한층 차가워진 목소리로 대꾸했다.

"아픈 아내를 두고 연구에만 매진하는 게 우주인의 원칙이고 윤리 의식이야?"

소율의 말이 준원을 아프게 찔렀다. 아픈 아내를 뒤로하고 준원은 연구에만 매진했다. 준원으로서도 쉬운 결정은 아니었다. 그렇지만 연구 일정을 뒤로 미룰 수 없어 독하게 마음먹었던 것이다.

"주제에서 벗어나지 마. 아무리 고집부려도 안 돼. 너 빼고 가는 건 일도 아니야."

아내가 세상을 떠난 뒤 준원은 심한 죄책감에 시달려야 했다. 하지만 그 순간에도 준원은 연구에만 매진했다. 아내와 한 약속이 있었기 때문이다. 아내 역시 과학자였고, 병에 걸리기 전 아내는 누구보다 열정적인 연구자였다. 딸들은 모른다. 조금 더 빠른 속도로 우주를 탐험하는 것. 오르트 구름 근처에 가는 꿈. 그것은 준원의 꿈인 동시에 아

오르트 구름 너머

내의 꿈이기도 했다.

"아빠가 모르는 게 하나 있는데."

준원은 자신을 닮은 딸의 반짝이는 눈을 마주 보았다.

"추진체 작동 열쇠, 나한테 있어."

준원은 다급한 손길로 자기 주머니를 뒤적였다. 없었다. 금속으로 만들어진 추진체 열쇠가 소율의 손에 있었다. 우주선을 작동하는 모듈은 거의 다 자동이었고 아이덴티티 인증이 필요한 경우는 지문이나 홍채 인식으로 했다. 딱 하나, 추진체를 작동하는 열쇠만큼은 아날로그식으로 만들어 우주선 총책임자인 리더가 관리했다. 그건 리더에게 모든 권한을 준다는 뜻의 상징이자 오래전부터 내려오는 전통이었다.

"한소율, 그거 이리 내."

소율은 열쇠를 손에 꽉 쥐고 혀를 낼름 내밀었다.

"매일 다른 곳에 숨겨 둘 건데."

창고 방으로 후다닥 달려가면서 소율은 마지막으로 외쳤다.

"그만 포기하시지, 한 박사!"

방문이 잠겼다. 준원은 창고 방을 여는 열쇠가 어디에 있는지 몰랐다. 추진체 열쇠가 없으면 우주선이 못 뜰 테고, 그러면 프로젝트는 물거품이 된다. 준원은 머리가 지끈거렸다.

소율은 창고 방에 버려진 간이 소파에 누워 콧노래를
흥얼거렸다. 아무리 똑똑한 아빠라도 이 열쇠를 자기가 어
디에 숨길지 전혀 예상하지 못할 것이다. 아빠는 연구와
숫자에만 강할 뿐 소율과 지율이 무엇을 좋아하고 싫어하
는지 잘 몰랐다. 그래서 지율은 아빠한테 불만이 많았지만
소율은 이해했다. 천재는 원래 딱 하나만 잘하는 거다.

6

처음으로 방학을 떨어져서 보냈다. 지율은 소율의 안부
가, 소율은 지율의 건강이 궁금했지만 서로 묻지 않았다.
치열한 말다툼이 남긴 앙금이 아직 서로의 마음속에 남아
있었다.

출발 시각이 다가올수록 소율은 자꾸만 지율이 보고 싶
었다. 그런 마음이 짙어지는 밤이면 마음이 마구 흔들렸
다. 몇 주 떨어져 지내는 것도 이렇게 힘든데 여섯 달이나
떨어져 있을 수 있을까. 하지만 이제 와 무를 수는 없었다.
소율의 고집을 꺾을 수 없다고 판단한 아빠는 항복했다.
소율과 함께 우주선을 탈 수 있도록 세부 사항을 조정해
나갔다.

방학이 끝나기 바로 직전에 프로젝트 준비가 끝났다. 소율은 우주선에 오르기 전에 지율을 보고 싶었지만 지율은 오지 않았다. 슬픔이 묻은 얼굴로 소율은 아빠를 바라보았다. 아빠는 천천히 고개를 내저을 뿐이었다.

준원은 우주선 내부를 마지막으로 점검한 뒤 소율에게 다가갔다. 소율이 손을 내밀자 준원은 그 손을 꼭 붙잡았다. 준원이 소율에게 바짝 다가가 소율의 이마에 자기 이마를 맞댔다.

"아빠 믿지?"

"응."

소율이 이 우주에서 유일하게 믿는 사람이 있다면 그건 아빠였다.

"우주의 신이 우릴 도울 거야."

아빠 목소리가 조금 떨렸다. 아빠도 나처럼 두려울까? 설렘과 불안이 기묘하게 뒤섞인 묘한 감정을 느끼고 있을까? 소율은 아빠에게 웃어 보이고 싶어 입꼬리를 올렸지만 잘되지 않았다. 그런 소율을 보며 준원이 말했다.

"지율이가 편지 보냈더라. 출발하기 전에 확인해 보렴."

마음이 급해졌다. 얼른 지율의 편지를 읽고 싶었다. 소율이 체임버에 안전하게 올라타 안전벨트 매는 것을 도운 뒤 준원은 자신의 체임버로 갔다.

작은 공간 안에서 몸을 움직거려 보다가 소율은 곧바로 지율의 편지를 생각했다. 이륙까지 시간이 아직 있으니 다행이었다. 소율은 손목의 생체 워치를 톡톡 두드렸다. 워치가 홀로그램 창을 허공에 띄웠다. 당연히 영상 편지를 보냈을 거로 생각했는데, 지율은 손 글씨로 적은 편지를 보냈다.

어휴, 구닥다리 계집애. 소율은 차분히 문장을 읽어 내려갔다.

7

소율에게

너도 알겠지만 나는 신화 속 이야기를 좋아해. 오늘 너에게 들려주고 싶은 이야기는 카스토르와 폴리데우케스야. 백조로 둔갑한 제우스와 레다 사이에서 태어난 쌍둥이 형제지. 카스토르는 거친 말을 길들이는 솜씨가 좋았고 폴리데우케스는 권투를 무척 잘했대. 이 둘은 우애가 얼마나 좋은지 무슨 일을 하든 함께했대. 잠시도 떨어져 지낸 적이 없었다고 해.

그런데 쌍둥이 형제가 사촌의 아내를 납치해 오는 바람에 벌어진 다툼에서 카스토르가 죽고 말았어. 폴리데우케

오르트 구름 너머

스는 그 죽음을 몹시 슬퍼했지. 아버지 제우스에게 자기가 대신 죽을 테니 카스토르를 다시 살려 달라고 울면서 부탁했어. 그냥 좀 들어줄 것이지, 제우스는 이 소원을 반만 들어줬어. 무슨 말이냐고? 제우스는 이 형제가 생명을 번갈아 누리게 한 거야. 형제 중 하나가 하루를 지하에서 보내면 다른 한 명은 천상의 집에서 보내고, 지하에서 하루를 보낸 사람은 다음 날 지하에서 벗어나 지상에서 하루를 보낸 거지.

슬프지 않니? 제우스가 소원을 들어준 덕분에 카스토르가 되살아나긴 했지만 한 사람이 지하에 있는 동안 다른 사람은 지상에 있어야 하는 신세니 둘은 절대 만날 수가 없잖아. 지상에서 함께 생을 누릴 수는 없게 된 거야.

앞으로 너와 나는 다른 시간과 공간을 살겠구나. 네가 지하에 있는 동안 나는 지상에 홀로 남아 살아가야겠지. 힘껏 살아갈게. 네 몫까지 살게. 그러니 외로워하지 말기를.

하나만 약속해 줘. 반드시 돌아와. 네가 지상의 시간을 보내는 동안 내가 기꺼이 지하로 갈 테니 잔말 말고 돌아와야 해. 알았지?

8

소율과 마찬가지로 우주선 또한 처음 경험하는 속도였

다. 우주선의 자동 항로 장치가 오류를 일으켰다. 준원이 예측하지 못한 사고였다. 우주선 전체가 심하게 흔들리는 바람에 소율의 체임버에도 기기 오류가 발생했다. 그 바람에 소율은 깊은 수면에서 깨어났다. 본래 계획대로라면 다섯 달을 동면에 들고 한 달 동안만 우주를 관측해야 하는데, 그 계획이 어그러진 것이다.

아빠를 깨워야 할까? 아빠를 깨운다고 달라질 것도 없었다. 평소 겁이 없는 소율이지만 두려움이 와락 달려들었다. 비상 버튼을 눌러 다시 수면 상태에 들어가야 했다. 지체할 시간이 없었다.

잠깐이지만 소율은 우주를 응시했다. 지구와 멀어질수록 우주는 찬란하리라고 상상했다. 그런데 소율의 눈앞에 보이는 것은 까만 어둠뿐이었다. 이토록 시커먼 어둠을 뚫고 상상을 초월하는 속도로 나아가는 것. 이 광활한 우주에서 눈을 뜨고 의식이 깨어 있는 사람이 자기뿐이라는 것. 한 번도 상상해 본 적 없는 일이었다. 불쑥 외로움이라는 감정이 처음으로 소율을 사로잡았다. 늘 지율이 곁에 있었기 때문에 외로움을 느낀 적이 없었던 거구나. 소율은 지율을 생각했다. 비상 버튼을 누르기 전, 소율은 지율에게 편지를 쓰기로 마음먹었다.

9

지율에게

모든 것의 핵심은 '빛'이었어.

우주에서 빛은 무려 초속 2억 9,979만 2,458킬로미터라는 상상하기도 힘든 속도로 달려 나가. 태양에서 출발한 빛이 지구까지 1억 5천만 킬로미터를 여행하는 데 걸리는 시간은 8분 20초.

빛을 이용하면 우주로 직접 나가지 않아도 먼 행성과 별의 물질들을 알아낼 수 있잖아. 너도 알다시피 과학자들은 스펙트럼에서 빠진 빛의 파장을 통해 어떤 원자가 있는지 알아내지.

빛의 속도를 꿈꾸었지만, 우주선은 광속에 한참 모자란 속도로 나아갔어. 빛의 속도에 견준다면 형편없는 속도지만 내가 느낀 체감 속도는 그렇지 않았지. 그러니까 아빠와 나는 역사상 가장 빠른 속도의 우주선에 탑승한 최초의 인간이 된 거야.

빛의 속도를 꿈꾼 아빠의 우주선에 있었지만 나는 새카만 어둠을 응시했어. 내 안의 어둠. 세상의 어둠. 우주의 어둠. 우주선 내부의 어둠. 빛의 뒤편에 늘 존재했지만 한 번도 주목하지 않았던 온갖 어둠이 바글거리며 다가와 내 머릿속을 가득 채웠어. 부정적인 생각이 자꾸만 밀려들었어. 몸을 움직일 수 없다는 사실이 괴로웠어. 그제야 몸이 얼마나 중요한지 깨달았어. 우리가 느끼고 감각하고 사고할 수 있는 건 모두 몸 덕분이었어. 체임버 안에 꼼짝없이 갇히고 나서야 그걸 알겠더라.

오르트 구름은 내 머릿속에 선명하게 존재해. 인간의 상상력이란 얼마나 놀라운지. 나는 눈을 감기만 해도 그걸 볼 수 있어. 구름의 모양, 색감, 형태를 하나도 빠짐없이 상상할 수 있어. 내 머릿속의 장면을 너에게 보여 주고 싶다.

체임버에 오류가 생기는 바람에 수면 상태에서 깨어났어. 내 눈앞에는 비슷한 풍경이 하염없이 반복되고 있어. 눈을 몇 번 깜박이다가 질끈 감았어. 눈을 감으면 모든 것이 생생하기만 해. 너의 웃음소리가 들리고, 웃을 때마다 생기던 엄마의 눈가 주름이 보여. 친구들과 뛰놀던 운동장이 손에 닿을 듯 가깝게 펼쳐질 때도 있어. 핫초코를 마시고 싶다. 치즈가 죽죽 늘어나는 피자를 먹고 싶어. 칼칼하게 매운 떡볶이 국물에 튀김을 찍어 먹고 싶어.

이 메시지를 너에게 직접 전할 수 있으면 좋겠는데, 그런 기적 같은 일이 일어날 수 있을까?

너한테 꼭 묻고 싶은 질문이 하나 생겼어.

지율, 너는 기적을 믿니?

10

자동 항로 장치의 오류 때문에 소율과 준원은 예정과 달리 3년 만에야 돌아올 수 있었다. 몇 가지 기술적 결함이 있었지만 무사히 지구에 도착했다는 사실만으로도 사람들은 환호를 보냈다. 소율과 준원은 말 그대로 우주여행의 역사를 새로 쓴 영웅이 되었다.

소율은 회복실에 누워 지율을 기다렸다. 가슴이 쿵쾅거렸다. 빠른 속도로 우주를 여행하는 동안 소율과 지율의 시간은 다르게 흘렀다. 소율에게는 단지 3년의 시간이 흘렀을 뿐이지만 지율의 시간은 아닐 것이다.

뻣뻣해진 몸이 조금씩 풀린다고 느낄 때쯤 문이 열렸다. 빠끔히 열린 문틈으로 한 얼굴이 들어왔다.

"엄마……?"

갈라지고 터진 소율의 입술을 눈물방울이 적셨다. 죽었던 엄마가 되살아나 소율 곁으로 다가왔다. 늘 다정하고 당당했던 엄마를 얼마나 사랑했던가. 소율도 아빠처럼 엄마의 죽음을 인정할 수 없었다. 회피하고 싶은 만큼 더 아빠에게 집착했다.

"소율아."

그건 엄마 목소리가 아니었다. 지율의 목소리였다. 지율이 너니? 소율은 엄마를 빼다 박은 지율의 얼굴을 찬찬히 쳐다보았다. 그 얼굴은 분명 지율이었지만 동시에 지율이 아니었다. 나이가 훌쩍 들어 버려 엄마와 비슷해진 지율의 얼굴에 좀처럼 적응이 되지 않았다. 게다가 지율 곁에는 처음 보는 아이가 서 있었다.

"돌아와 줘서 고마워."

목이 멘 지율의 목소리 때문일까. 소율의 눈가가 다시금 촉촉이 젖어 들었다. 지율은 소율에게 바짝 다가와 두 손을 덥석 잡았다. 지율의 손은 꺼칠꺼칠했다.

"몸은 좀 어때?"

지율이 살뜰하게 물으며 바로 옆 회복실에 누워 있는 아빠도 보고 왔다고 말했다. 소율은 손등으로 눈가에 맺힌 눈물을 훑어 내며 물었다.

"저 애는 누구야?"

자기 몸 뒤에 숨어 있는 아이를 슬쩍 바라보다가 지율은 해맑게 웃었다.

"네 조카."

소율의 두 눈이 휘둥그레졌다. 빛의 속도를 꿈꾸었던 우주선에 있는 동안 예상대로 우주선에서는 시간이 지구와 다르게 흘렀다. 소율과 준원은 3년 뒤에 돌아왔지만 지구에서는 20여 년이 흘러 있었다. 미리 계산한 것보다 차이가 더 많이 날 줄 몰랐다.

소율이 손을 내밀자 아이는 쭈뼛거리며 다가왔다. 아이가 얼떨결에 손을 내밀었고 소율은 그 손을 소중히 감싸 쥐었다. 벅차오르는 온갖 감정으로 소율은 가슴이 뛰었다.

"이름은?"

"아직 없어."

지율이 다시 맑게 웃으며 대꾸했다.

"성인이 되면 스스로 지으라고 놔뒀어."

지율답다고 생각하며 소율은 쿡쿡댔다.

"부르는 별명이라도 있을 거 아니야. 이름 없이 출생 신고는 어떻게 했어?"

"우린 그냥 콩이라고 불러. 태명이었거든."

말을 이어 가다가 지율의 눈가가 살짝 떨렸다.

"출생 신고서에는 소율이라고 했어."

소율의 눈동자도 흔들렸다.

"네 이름을 자주 부르면 돌아올 것 같아서."

소율이 알던 지율이 아니었다. 언제나 냉철하고 논리적인 지율이었다. 그런 지율이 자신 때문에 미신쟁이가 다 되어 있었다. 미안했다.

가방에서 꺼낸 손수건으로 눈두덩을 누르다가 지율은 아이에게 잠깐 나가서 음료수를 뽑아 먹으라고 했다. 아이가 나가자 지율은 간이 의자에 주저앉았다.

"많이 외로웠어. 매 순간 그리웠고. 화가가 돼서 첫 그림을 팔았을 때, 결혼했을 때, 아이가 태어났을 때. 그 모든 순간마다 생각했어. 네가 곁에 있다면 얼마나 좋을까. 잠깐이지만 널 원망하기도 했어. 그러다가 나중에는 한 가지만 빌었어. 너와 아빠가 무사히 돌아오게만 해 달라고. 아무것도 바라지 않을 테니 그렇게만 해 달라고 기도했어."

소율은 아빠의 좌우명을 떠올렸다.

'애초에 그 일이 어렵고 불가능하다는 것을 알기에 도전한다.'

그 말을 멋지다고 생각했다. 아빠를 닮고 싶었다. 그런데 만약 타임머신이 있어서 과거로 돌아갈 수 있다면 나는 어떤 선택을 할까? 아빠가 초고속 우주선에 타기로 한 사실을 알게 된 날로 돌아간다면 과연 같은 선택을 할까?

과거로 돌아가도 아빠는 우주선에 다시 올라탈 것이다. 아빠는 그런 사람이다. 자기가 하는 일에 미친 사람. 자기가 바라는 결과를 위해서는 목숨도 바칠 수 있는 사람. 어쩌면 그런 사람만이 역사를 바꿀 수 있는지도 모른다.

그렇다면 나는?

소율은 대답할 수 없었다. 사랑하는 사람 곁에서 사랑이 충만한 삶을 살 것인가. 아니면 일을 미치도록 사랑하는 삶을 살 것인가. 결론을 내릴 수 없어 혼란스러웠다. 당분간 소율은 이 질문을 물고 늘어지며 살아갈 것이다.

쌍둥이 자매 지율보다 육체적으로 스무 살이나 어린 소율은 손을 내밀어 지율의 손을 끌어당겼다. 아이 키우느라, 작업하느라 거칠어진 지율의 손이 낯설었다. 물감이 덕지덕지 묻은 지율의 손을 자기 두 손 사이에 넣고 쓰다듬는데 지율의 예전 목소리가 생생히 떠올랐다.

'우주선에 타는 순간 우리는 다른 공간, 다른 시간을 사는 거야.'

그제야 소율은 깨달았다. 사랑은 그 사람이 필요한 순간에 곁에 있어 주는 일이라는 것을. 같은 공간, 같은 시간 속에서 살겠다고 다짐하고 행동으로 옮기는 일이라는 것을. 소율은 지율의 꺼칠꺼칠해진 손을 오래도록 붙들고 만지작거렸다.

잠시 뒤 소율은 고개를 돌려 창밖을 물끄러미 바라보았다. 지구의 하늘에 별빛이 반짝거렸다. 지금 보는 저 별빛은 먼 과거에서 출발한 빛일 터이다. 가장 빛나는 별이 되고 싶었던 소율은 빛의 속도로 달려오는 별빛을 간절한 눈빛으로 올려다봤다. 분명 같은 빛인데 우주선에서 볼 때와 느낌이 달랐다. 외롭거나 슬프지 않고 따뜻했다. 그토록 화려한 빛도 공기와 먼지와 온기와 사랑하는 사람의 손길이 있어야 비로소 온전히 느낄 수 있다는 것을 이제야 조금 알 것 같았다.

소율은 만족스러운 미소를 머금은 채 눈을 감았다. 눈앞에 오르트 구름이 선명하게 떠올랐다. 그 잔상 옆으로 행복한 얼굴로 밥을 먹는 엄마와 아빠 그리고 지율과 소율이 있었다.

엄마는 그곳에

해가 점점 짧아지고 있었다. 코끝을 스치는 바람도 제법 서늘해졌다. 나는 창가에 붙어 서서 하늘을 올려다봤다. 칼로 정확히 반을 가른 듯한 반달이 노란빛을 은은히 내뿜었다. 환하게 빛을 내는 달 때문에 가로등 불빛이 어제보다 어두침침해 보였다. 선선해진 기온만큼 상쾌하게 느껴지는 공기를 코로 들이마셨다. 한쪽 콧구멍이 막혀 있었지만 아직 멀쩡한 콧구멍이 맑은 공기를 흡입했다.

한 달 전, 엄마는 그곳에 갔다. 아빠와 나는 할머니 집으로 짐을 옮겼다. 아빠는 내게 전학을 끈질기게 권유했지만 나는 끝까지 가지 않겠다고 고집을 부렸다. 어차피 할머니 집이 멀지 않아 전학을 갈 필요가 없었다. 그즈음 일어난 일 중에서 마음에 드는 일은 그거 하나였다. 한 달 내내 대단한 더위가 이어졌다. 끔찍한 여름이었다.

할머니는 물론이고 아빠도 엄마 이야기를 입 밖으로 꺼내지 않았다. 어쩐지 그래야 할 것 같아 나도 입을 다물었다. 그냥 나는 자유를 만끽했다. 내 일거수일투족을 알고자 하는 사람이 없다는 사실은 꽤 멋졌다. 나를 간섭하는 사람도, 잔소리를 하는 사람도 없었다. 아빠는 일하느라 바빴고 할머니는 꼭 필요한 말만 했다. 저녁상을 치우고는 할머니가 방으로 들어가면 오도카니 혼자 남겨졌다. 그러면 자연스레 방으로 들어와 노트북을 켰다. 쉬지 않고 영화를 봤다. 하루에 두 편은 기본이었고 많게는 네 편까지 때렸다.

원래부터 영화를 좋아했다. 유일한 취미 생활이라고나 할까. 영화를 보는 동안에는 아무 생각도 떠오르지 않았는데 그 점이 마음에 들었다. 쓰잘머리 없는 잡다한 생각을 물리칠 수 있는 유일한 시간이기도 했다. 영화가 시작되면 내 몸과 마음은 그 세계로 빨려 들어간다. 현실 속 문제는 흔적도 없이 사라진다. 그렇게 골머리를 앓던 문제가 중요하지 않아지는 순간을 위해 닥치는 대로 영화를 봤다.

영화 〈일대종사〉를 재생한다. 중국 북부 출신의 무술 대가 궁우전의 딸이자 유일한 후계자인 궁이는 아버지를 죽인 마삼에게 복수를 다짐하며 평생 독신으로 지내겠다고 부처님 앞에서 서약한다. 영화에 이런 대사가 나왔다. "후회가 없다면 얼마나 재미가 없을까요?" 처음부터 끝까지 카리스마 넘치는 주인공 궁이의 입에서 흘러나온 말이었다. 그 말이 선뜻 이해되지 않았다. 되도록 후회하지 않고 사는 것이 멋지지 않나? 왜 굳이 후회할 일을 만들어서 미련을 떨며 살아야 하지?

엄마가 후회하기를 바란다. 가슴을 치고 땅을 치고 통곡하면서 자책하기를 바란다. 내가 이곳에서 당할 고통의 몫까지 엄마가 고스란히 느끼기를 원한다. 그리하여 마음을 가득 채운 욕망이 남김없이 사라질 때까지 엄마가 몸부림치고 괴로워했으면 좋겠다. 내가 바라는 것은 그것이다.

웬일로 아빠가 식탁에서 아침을 먹고 있다. 회사 일이 많은지 보름 넘도록 얼굴조차 볼 수 없었는데 말이다. 아빠는 할머니가 끓인 소고깃국을 숟가락으로 연신 퍼먹다가 힐끗 나를 봤다. 어색하기도 하고 무슨 말을 해야 할지 알 수 없어서 그냥 조용히 내 자리에 앉았다. 인사말도 건네지 않았다.

"학원 다녀야지?"

아빠가 카드를 내 쪽으로 내밀었다. 내 학원비를 아빠

카드로 긁는 날이 오다니. 해가 서쪽에서 뜨려나. 밥을 소고깃국에 말다가 카드를 다시 아빠 쪽으로 쑥 밀었다.

"당분간 쉬려고."

아빠가 고개를 들어 나를 힐끔거렸다. 속으로 쾌재를 부르고 있겠지.

"그래도 돼?"

대답하기도 귀찮아서 고개를 한 번 끄덕였다. 국에 만 밥을 후루룩 먹는데 할머니가 우물쭈물하다 입을 열었다.

"네 아빠는 과외 한 번 안 받고 좋은 대학 갔어야."

과외 한 번 안 받고 좋은 대학에 들어가서, 그 대단한 직장에 단번에 들어가서, 주식으로 홀라당 재산을 말아먹은 아빠를 닮으라는 소리인가 싶어 나는 할머니를 한 번 째려봤다.

"엄마는 프랑스로 유학을 떠난 거다."

밥을 다 먹었는지 아빠는 물로 입을 웅웅 헹군 다음 말했다. 나는 아무 대꾸도 하지 않았다.

"당분간은 그런 걸로 하자. 알았지?"

아빠는 최대한 부드러운 투로 말하려고 애쓰는 듯했지만 그렇게 들리지 않았다. 아빠의 노력과 달리 말투와 표정은 한없이 차가웠다. 단정히 넥타이를 고쳐 매는 몸짓은 이미 엄마 따위는 다 잊고 새 출발을 앞둔 사람처럼 보이

엄마는 그곳에

기까지 했다. 이런 상황에서도 침착하고 단정한 아빠가 꼴 보기 싫어 밥을 남겼다.

집을 나서자마자 온갖 생각이 바글바글 몰려들었다. 아빠와 할머니한테서 멀어질수록 엄마 생각이 났다. 엄마와 연결된 무수한 단어들이 와르르 머릿속으로 쏟아졌다. 무슨 정신으로 학교까지 왔는지 모르겠다. 요즘 나는 나사가 여러 개 빠진 사람 같다. 수업 시간에 딴생각을 하다가 선생님이 던진 질문에 제대로 된 답을 못하기 일쑤다. 반 아이들은 놀란 토끼 눈으로 눈빛을 주고받았다.

'쟤 왜 저래?' '글쎄, 너무 공부만 하다가 살짝 정신 줄 놓은 것 같은데?'

단짝 윤아가 쉬는 시간에 다가와 무슨 일 있냐고 물었다. 나는 아무렇지 않다는 듯 어깨를 으쓱했다. 잡다한 수다를 떨다가 갑자기 윤아가 아까보다 커진 목소리로 말하며 내 팔을 사정없이 흔들었다.

"알겠다! 너 엄마가 그리운 거지?"

윤아 말에 옆에 서 있던 해연이 끼어들었다.

"애도 아니고 엄마가 왜 그리워?"

윤아가 해연을 바라보면서 내 어깨를 토닥였다.

"가은이 엄마 공부하러 프랑스 가셨거든."

윤아 목소리가 점점 커졌고, 그러자 아이들이 우르르 몰려들었다.

"뭐 공부하러 가셨는데?"

해연의 눈동자가 나를 똑바로 바라봤다. 해연을 마주 바라보고 있는 내 눈동자가 흔들리지 않기를 바라며 나는 잠시 망설였다. 침묵이 길어지면 의심을 살 것 같아 입을 열었다.

"경영인지 회계인지 잘은 몰라."

내 입에서 분명하고도 선명한 목소리가 흘러나왔다.

"고딩 딸 팽개치고 유학이라니. 너네 엄마 좀 멋지다."

해연이 말했고 윤아가 추임새를 넣으며 덧붙였다.

"프랑스라니! 몽마르트르 언덕 가 보고 싶다."

과장 섞인 윤아의 탄성에 아이들은 피식 웃다가 자기 자리로 돌아갔다.

우리 가족을 제외한 다른 사람들은 엄마가 프랑스로 유학 간 줄 알고 있다. 엄마가 유학 갔다는 이야기를 윤아에게만 했다. 윤아에게 말하면서 비밀이라는 단서를 달지 않은 것이 실수였을까. 윤아는 별생각 없이 엄마 이야기를 꺼냈겠지만 상황이 좋지 않았다. 전교에서 가장 입이 가볍기로 소문 난 해연이 덕분에 엄마의 유학 소식은 이제 반 아이들은 물론 옆 반 아이들한테까지 알려질지 모른다. 게다가 몰려든 애들 앞에서 나는 거짓말을 하고야 말았다.

엄마는 그곳에

얼굴색 하나 변하지 않은 채로.

　학교 끝나고 돌아오니 집이 텅 비어 있었다. 할머니가 없는 틈을 타 방에 숨겨 둔 과자를 꺼냈다. 서둘러 컵에 우유를 붓고 과자 봉지를 뜯는데 어디에서 나타났는지 부신 빛이 벽지에 반짝였다. 부엌 창문으로 들어온 햇살이 춤을 추고 있었다. 숨바꼭질하려는 듯 빛은 금세 자취를 감췄다가 다시 쨍하고 나타났다. 세찬 바람에 떠밀린 구름이 해를 가렸다가 금방 물러났다가 다시 해를 가리는 모양이었다.

　뜯은 과자를 다 먹어 치웠을 즈음 식탁 위를 뒹구는 책이 눈에 들어왔다. 눈이 안 좋은 할머니 책일 리는 없고, 아빠가 아침을 먹기 전 잠깐 읽은 책을 빠뜨린 것 같았다. 입술을 오른쪽으로 오므리며 시큰둥하게 책을 뒤적였다. 산행에 관한 책이었다. 골프를 대신할 새로운 취미가 필요한 모양이다. 이런 상황에서 취미 관련 책을 보다니 정말 대단하시다. 자꾸만 입에서 긴 한숨이 나왔다. 상황이 이 지경이 될 때까지 아빠는 정말 아무것도 몰랐을까? 알면서도 뻔뻔하게 모른 척해 왔던 게 아닐까?

　책을 뒤적이다가 거들링 현상이라는 단어가 눈에 들어왔다. 보통 자연에서 일어나는 거들링 현상은 다른 나무가

가까이 와 몸통을 조르는 경우를 말하지만 자기 뿌리가 자기 밑동을 조르는 일도 있다고 했다. 굵직한 뿌리가 자기 몸통을 감싸 옥죄는 장면을 상상했다. 자신을 칭칭 옭아맨 뿌리에서 벗어나려고 버둥거리는 나무의 비명 소리가 들릴 것만 같았다.

엄마의 교육열은 대단했다. 아빠가 아무리 반대해도 소용없었다. 교육 문제에서만큼은 아무도 엄마를 말릴 수 없었다. 초등학교 1학년 때는 스피드 스케이팅을, 2학년과 3학년 때는 글쓰기와 리듬 체조를, 4학년 때는 미술을, 5학년 때는 서예와 수영을, 6학년 때는 한문과 볼링을 배웠다. 그리고 6년 내내 피아노를 배웠다. 서예 선생님은 소질이 있다며 입에 침이 마르도록 칭찬했다. 학교에서 배운 리코더는 교내 대회에서 상을 받을 만큼 수준급이었고 피아노도 곧잘 쳤다. 바흐는 물론이고 베토벤까지 섭렵했다. 예체능이 이 정도였다.

공부 쪽은 더했다. 방과 후가 더 바빴다. 숨 쉴 틈 없이 꽉 찬 일주일 시간표를 감당해야만 했다. 주말까지 과외 수업이 이어졌다. 내게 영혼이라는 것이 있다면 그 영혼의 형태가 조금씩 깎여 나가는 기분이었다. 악몽을 자주 꿨고 가끔 과호흡이 왔다. 하지만 어느 누구에게도 말할 수 없었다.

엄마는 그곳에

엄마는 회사 일로 쉴 새 없이 바빴는데도 나를 통제하고 잘 설득했다. 무엇에든 열정적이고 무엇에든 능숙했다. 초등학교에 들어가기 전부터 나는 눈 질끈 감고 엄마의 가이드라인을 따라 살았다. 가끔 나를 바라보는 엄마의 눈길에 깜짝 놀랄 때도 있었다. 이글이글 타오르는 엄마 눈빛에 담긴 욕망이 이해되지 않고 무서웠다.

특별한 아이이고 싶었다. 누구보다도 엄마의 인정과 칭찬을 원했다. 엄마가 나한테 실망할까 봐 두려웠다. 그러니 노력이라도 해야 했다. 다행히 노력할수록 성적은 죽죽 올랐다. 결과에 꽤 만족한 엄마와 달리 나는 더 달려 나가고 싶었다. 성적이 오를수록 욕심이 커졌다. 내 앞에서 깐죽거리는 아이들을 모조리 제치고 1등을 차지하고 싶었다.

스스로를 속이는 일은 문제를 정면으로 마주 보는 일보다 몇 배로 편하고 쉬웠다. 성적표를 받을 때마다 점점 욕심이 났다. 중학교 3학년 1학기 기말고사 때 드디어 전교 1등을 했다. 성취감에 온몸이 짜릿할 줄 알았는데 오히려 이상한 기분에 휩싸였다. 정말 이게 다인가. 학교에서 보는 시험이 시시해졌다. 하루는 전교생이 모두 내 발밑에 있는 듯 의기양양했고 이튿날에는 모든 것이 보잘것없게만 보였다. 어떤 날은 오만했고 어떤 날은 불안했다.

치열하게 노력한 것은 맞다. 그러나 이 정도 노력으로

톱을 찍을 수 있는 거라면 내가 속한 이곳이 얼마나 좁고 같잖은 걸까? 더 큰 세계는 없을까? 유학을 가고 싶다는 생각을 처음으로 했다. 머릿속에 확실한 비전이 그려졌다. 하버드, 프린스턴, 코넬 등등 아이비리그 대학의 입학 원서를 들춰 보기 시작했다.

창고 방 문을 열었다. 귀퉁이에 엄마 짐이 주인을 잃은 채 처량하게 처박혀 있다. 엄마는 회삿돈을 횡령했다. 적은 돈이 아니었다. 엄마는 지금 프랑스 파리가 아니라 서울구치소에 있다. 엄마는 남을 속여 돈을 빼내는 일에도 열정적이고 능수능란했다. 대체 무엇을 위해 그 많은 돈이 필요했던 거지? 아빠 대신 대출금을 갚기 위해? 아니면, 나를 위해? 그렇다 하더라도 내 잘못은 없지 않은가. 누가 남의 돈까지 훔쳐서 나를 위해 쓰라고 했느냔 말이다.

꼬리가 길어 붙잡혔다는 말이, 과연 해도 되는 말인지 모르겠다. 죄를 저지르면서 엄마는 단 한 번도 무섭지 않았을까? 엄마는 완전 범죄를 꿈꾸었을까? 그런 일이 가능할 것 같지 않지만, 가능하다 하더라도 그런 어리석은 꿈을 꾼 사람이 내 엄마라는 사실을 어떻게 받아들여야 할지 도통 모르겠다. 머리가 터질 것만 같다.

학교 수업을 마친 뒤 윤아와 함께 중고 서점에 들렀다.

엄마는 그곳에

중고 CD와 DVD를 구경하다가 책 몇 권을 골라 빈자리에 앉았다. 책을 훑어보려는데 옆자리에 앉은 여자 목소리가 들렸다.

"엄마가 방금 뭐라고 했죠? 몇 마리라고요?"

여자는 아이에게 책을 읽어 주면서 끊임없이 책의 내용을 확인했다. 아직 채 네 살이 안 되어 보이는 아이는 당연히 책의 내용에 관심이 없는 듯했다. 아이는 엄마와 엄마가 들고 있는 책이라는 괴물에서 벗어나고 싶어 하는 것처럼 보였지만 그럴수록 엄마는 더 집요하게 아이를 몰아붙였다.

"이러면 엄마가 아이스크림 사 줄까요, 안 사 줄까요?"

발버둥 치던 아이의 몸이 아이스크림이라는 말에 잠시 고요해졌다.

"자, 여기다가 써 봐요. 어제 엄마가 가르쳐 준 글자 기억나죠?"

이번에는 글씨였다. 여자는 아이의 글씨체가 마음에 들지 않는 눈치였다. 아이의 삐뚤빼뚤한 글씨를 타박하기 시작하더니 같은 말을 쉬지 않고 반복했다.

"다시 쓰세요. 다시요."

여자가 아이에게 존댓말을 써서 어쩐지 더 진절머리가 났다. 입을 뿌루퉁하게 다문 아이의 얼굴을 잠깐 바라보고는 자리에서 일어났다. 윤아를 찾아 헤맸다. 윤아는 소설책을 한 권 샀다.

배가 고파진 우리는 패스트푸드 매장으로 들어갔다. 불고기버거를 하나씩 먹으며 수다를 떨었다. 곧 학원에 가야 하는 윤아와 달리 나는 여유로웠다. 천천히 햄버거를 씹어 먹었다.

"학원은 언제까지 쉬려고?"

윤아의 심드렁한 물음에 나도 심드렁하게 대꾸했다.

"곧 다녀야지."

"하긴 그동안 넌 남들 몇 배로 다녔으니까 좀 쉬어도 되긴 하겠다."

그 말에 피식 웃었다. 오랜만에 가식이 섞이지 않은 진짜 웃음이었다.

"혼자서도 할 만해?"

"처음엔 자신 없었는데 하다 보니 괜찮아."

"하긴 넌 기본기가 탄탄하니까."

1학기 중간고사 때 영어 점수가 무너졌다. 그동안 쌓은 공든 탑이 무너질까 싶어 애가 탔다. 당장 고액 과외를 알아봤다. 해연이 엄마 소개로 겨우 과외 팀에 들어갔다. 한 과목당 120만 원. 일주일에 2회 수업. 영어 성적이 오르자 다른 과목도 차츰 과외로 돌리고 싶었다. 수학도, 국어도,

과학도.

"요즘도 영화 많이 봐?"

윤아가 콜라를 마시다 말고 물었다. 나는 고개를 끄덕거렸다.

"최근에 뭐 봤는데?"

나는 어제저녁에 본 〈결백〉이라는 영화 줄거리를 들려줬다. 엄마와 인연을 끊고 살던 딸은 잘나가는 변호사가 되었다. 아빠 장례식장에서 살인 사건이 일어나고 엄마가 용의자로 몰리자 딸이 사건에 뛰어든다. 엄마의 결백을 주장하고 싶지만 엄마에게 잘못이 있는지 없는지 알 수 없어 혼란스럽다.

"그래서, 결말이 어떻게 나?"

영화를 보는 내내 나는 갈팡질팡했다. 어떤 증거가 나오든 딸은 엄마가 결백하다고 믿어 줘야 하는 건가. 사건의 피의자이기 이전에 자기 엄마였다. 주인공은 어떤 증거를 맞닥뜨리든 자기 엄마가 누명을 썼다고 믿고 싶어 했다.

영화를 보는 내내 엄마 생각이 났다. 나와 가장 가까운 사람, 세상에서 가장 나를 사랑하는 사람이 죄를 저지르고 감옥에 있다. 회삿돈을 훔쳐 많은 사람들에게 손해를 끼쳤다고 한다. 주식에 관해 잘은 모르지만 엄마 때문에 회사 주가가 반토막 났다는 말까지 들린다.

악몽에 시달린다. 엄마를 둘러싼 소문이 퍼진다. 전교생이 진실을 알게 된다. 반 아이들이 나를 대놓고 비난한다. 모두 싸늘한 눈초리로 나를 바라본다. 차가운 눈빛에 피부가 뚫릴 것만 같다. 어떤 아이는 욕을 퍼붓는다. 어떤 아이는 너도 거짓말로 우리를 속인 거 다 안다면서 네 엄마랑 똑같은 인간이라고 조롱한다. 어떤 아이는 당장 학교를 그만두라고 협박한다. 교실에서는 물론이고 특별 활동에 가서도 무시당한다. 애들은 힘을 합쳐 나를 투명 인간 취급한다. 심장이 불에 타는 듯 고통스럽지만 참는다. 내 곁에 윤아가 있으니까. 그런데 아이들이 윤아를 공격하기 시작한다. 너 미쳤어? 왜 범죄자 자식을 감싸 줘? 순둥이 윤아가 이런 일을 당해야 할 이유는 없다.

몸부림치다가 소스라치게 놀라며 잠에서 깼다. 새벽의 어스름한 빛이 창문으로 비쳐 든다. 내가 최고가 되리라 확신하고 기대하는 엄마가 때로는 버거웠다. 동시에 엄마가 명령을 내리지 않으면 불안했다. 매 순간 엄마에게서 도망치고 싶었지만 매 순간 엄마가 필요했다.

물을 한 모금 마신 뒤 책상에 앉는다. 나뒹굴고 있는 이면지 한 장을 가슴께로 가져온다. 부를 때마다 마음이 꿀렁이는 단어를 적는다. 엄마. 어떤 단어도 떠오르지 않는다. 머리를 싸매다가 펜을 내려놓는다.

엄마는 그곳에

억울하다. 나는 아무 잘못도 저지르지 않았다. 엄마는 모든 걸 단독으로 결정했다. 그러니 난 결백하다. 데굴데 굴 굴러가다가 멈추는 펜을 물끄러미 내려다본다. 과연 그런가? 주식으로 날린 돈을 수습하느라 아빠가 생활비를 건너뛴 적이 많다는 사실을 알았다. 엄마 월급은 세 식구 생활비로는 충분했지만 내가 고집을 부린 고액 과외비를 감당하기에는 부족했다. 내가 꿈꾼 아이비리그 명문 대학 의 등록금에는 턱없이 모자랐다.

급식으로 나온 감자튀김을 케첩에 찍어 먹는데 윤아가 다가와 불쑥 물었다.

"가은아, 너희 엄마 진짜 파리 가신 거 맞지?"

가슴에서 무거운 돌덩이가 쿵 내려앉았다.

"그렇다니까. 왜?"

"아니, 해연이가 자꾸 이상한 말을 하잖아."

이상한 말? 떠버리 정해연이? 예감이 좋지 않다.

"너네 엄마가 회삿돈 훔치다가 걸려서 직장에서 잘렸다 나? 그런 말도 안 되는 소리를 애들한테 하고 다니잖아. 어찌나 신이 났는지 내가 말려도 듣질 않아."

어째서 좋지 않은 예감은 한 번도 틀린 적이 없는 걸까. 심장이 쿵쾅거렸다. 그냥 솔직하게 사실을 인정하라는 마음과 그럴 수 없다는 마음이 날카롭게 부딪쳤다. 잠깐 머뭇거리다가 나는 눈을 크게 뜨며 대꾸했다.

"걔 원래 그런 캐릭터잖아. 근거 없는 말 막 지어내고."

입에 모터가 달린 것처럼 거짓말이 술술 나왔다.

"지난달에도 3반 준수가 에어팟 훔쳤다고 소문내고 다녔는데 막상 까 보니 어땠어. 걔가 억울하게 누명 쓴 거였잖아. 안 그래?"

단호한 내 말투에 윤아는 연신 고개를 끄덕였다. 내가 아무렇지 않은 얼굴로 남은 감자튀김을 우걱우걱 씹어 먹자 윤아는 그제야 마음이 놓이는지 빙긋 미소를 지었다.

고개를 숙인 채 남은 밥을 먹었다. 구르고 구르다가 눈덩이처럼 커진 거짓말이 눈앞을 딱 가로막고 있다. 똘똘 뭉쳐진 감자가 목구멍을 꽉 막는 기분이지만 티를 내지 않는다. 천연덕스럽게 거짓말을 하는 스스로에게 놀란 척도 하지 않는다. 거짓말을 잘하는 유전자는 엄마한테 물려받은 걸까?

엄마도 이랬겠구나. 처음에는 적은 돈을 노렸을 것이다. 100만 원만, 또는 200만 원만 조용히 훔쳤겠지. 그러다 점점 액수가 커졌을 것이다. 눈덩이처럼 불어난 액수에 깜짝 놀랐을 때는 이미 되돌리기에 늦었을 것이다.

윤아 팔짱을 끼며 급식실을 나오는데 끄트머리에 앉아

밥을 먹고 있는 해연이 눈에 들어왔다. 마당발인 해연 엄마가 예전부터 마음에 걸렸었다. 그런데도 가장 먼저 든 생각은 하나였다. 이 일로 나는 과외 팀에서 영원히 제명되는 걸까? 성적이 또 떨어지면 아빠를 졸라 언제든 그 팀에 복귀할 생각이었다. 하지만 이미 소문이 퍼지기 시작했다면, 게다가 그 소문의 주동자가 정해연이라면 게임은 끝났다. 소문은 날개 달린 말처럼 빠르게 퍼져 나갈 것이다. 선생님들 귀에 들어가는 것도 시간문제일 것이다.

중2 때였나. 작은 키에 어울리지 않는 커다란 뿔테 안경을 쓰고 다니는 남자애가 있었다. 공부도 운동도 곧잘 해서 친구가 많았다. 인싸까지는 아니었지만 2학기 회장으로는 그 애를 뽑자는 말이 나돌 만큼 인기가 좋았다. 그런데 그 애 아빠가 구속되었다는 소문이 퍼지면서 모든 것이 달라졌다. 나중에 알려진 바에 따르면 그 애 아빠가 아파트 정문 근처에서 수갑을 차고 연행되는 광경을 본 애들이 있었던 것이다.

소문이 사실로 밝혀지자 아이들은 차갑게 돌아섰다. 회장직을 미리 따 놓을 만큼 친구가 많았던 그 애는 추락했다. 은따에서 왕따로, 왕따에서 전학생으로 신분이 바뀌는 데는 한 달이 채 걸리지 않았다. 그때 그 애를 지켜보면서 나는 꿈에도 몰랐다. 그 애가 나의 미래라는 사실을.

교실에 들어서자마자 싸늘해진 분위기를 느낀다. 아이들의 시선 하나하나가 내 몸을 뚫고 지나간다. 아이들이 재잘재잘 수군대기 시작한다. 귀를 막고 싶지만 뚫린 귀를 막을 방법이 없다. 처음으로 알게 된다. 어떤 말은 고막이 아니라 피부에 먼저 와 닿는다는 사실을.

"쟤 참 뻔뻔하다."

"원래 공부 잘하는 인간들이 그렇잖아. 자기밖에 몰라. 아무리 그래도 그렇지, 거짓말로 애들 다 속여 놓고 고개 빳빳이 들고 들어오는 거 봐. 재수 없어."

"저런 애는 학교 못 다니게 해야 하는 거 아냐? 범죄자 피가 흐르는 거잖아."

"물건 간수 잘하자. 교통 카드도 조심하고."

에어팟으로 귀를 막는다. 교실에 처음으로 최신형 에어팟 프로를 가져왔을 때 애들이 전부 내 곁으로 달려들었었다. 한 번만 껴 보자고 아옹다옹 난리였다. 지금은 속으로 이런 생각을 할지도 모른다. 저것도 쟤 엄마가 회사에서 훔친 돈으로 사 준 거 아냐?

노이즈 캔슬링을 켜고 고개를 수그려 책을 읽는다. 글자가 눈에 들어오지 않지만 그냥 그러고 있다. 어서 수업 시작종이 울리기만을 바라면서. 그때 누가 활짝 편 손바닥을 내 시야 안으로 쑥 집어넣는다. 고개를 살짝 들어 올린다.

엄마는 그곳에

떠버리 정해연이다.

"너 우리한테 거짓말했지?"

해연이 나를 다그친다. 에어팟 한 개를 빼내자 노래가 뚝 그친다. 언제 왔는지 윤아가 해연을 말리느라 애를 먹고 있다.

"야, 정해연. 그만해."

"뭘 그만해? 아직 시작도 안 했는데?"

웅성거리던 아이들 목소리가 점점 커진다. 재미있는 구경거리를 놓칠 수 없다는 얼굴들이다. 아이들 시선이 해연과 내게로 쏠린다. 어떤 애는 당사자 허락도 받지 않고 녹화를 하려는지 스마트폰을 두 손으로 든 채 우리를 겨냥한다. 지금 이 순간만큼은 스마트폰이 아니라 무기처럼 느껴진다.

"가은이 잘못이 아니잖아."

윤아 목소리가 공허하게 울려 퍼진다. 아이들을 빙 둘러본다. 여기에 내 편은 없다.

"애 거짓말했잖아. 지 엄마 파리에 갔다고."

해연의 목소리가 또렷하게 가슴을 파고든다. 아이들 몇 명이 크게 고개를 주억거린다. 나는 입술 안쪽을 지그시 깨문다. 이까짓 일로 절대 울지 않겠노라고 마음을 다진다. 그런데 내 옆에 서 있는 윤아의 눈가가 촉촉해지고 있다.

위험하다. 윤아가 울어 버리면 나도 참을 수 없을 테니까.

"네가 네 엄마랑 다른 게 뭐야?"

나는 속으로 스스로에게 명령한다. 윤아가 눈물을 흘리기 전에 교실을 떠나야 한다고. 천천히 자리에서 일어나 해연을 건너다본다.

"거짓말한 거 맞아. 미안하다. 됐지?"

이런 반응을 예상하지 못했는지 해연은 곧바로 대꾸할 말을 찾지 못한다. 해연 옆에 서 있는 윤아의 흔들리는 눈동자를 보다가 교실을 빠져나온다. 수업 시작종이 울린다. 윤아가 복도까지 나를 따라온다.

"가은아."

내 이름을 부르는 윤아 목소리에 울음기가 잔뜩 묻어 있다. 몸을 돌려 윤아에게 몇 걸음 다가간다.

"미안해. 너까지 속일 생각은 없었는데 아빠가 하도 신신당부해서."

하나뿐인 착한 단짝에게 나는 또 거짓말을 하고 있다. 아빠가 당부하지 않았더라도 난 모두를 속였을 것이다. 모두를 속이기 위해서는 윤아까지 속여야만 했다. 수학 공식을 대입하면 풀리는 간단한 문제처럼 지극히 당연하고 빤한 사실이었다.

"당분간 학교를 쉴지도 모르겠어."

순수하게 빛나던 윤아의 눈빛이 빠르게 꺼져 간다. 아름다웠던 우리의 우정과 신뢰가 흔들린다. 모든 것이 거짓말처럼 빠르게 사라진다.

"어디 가게?"

윤아의 질문에 나는 잠시 생각에 잠긴다. 어디로 가야 할까. 마땅히 학교에 있어야 한다고 평생 믿어 온 시간에 내가 갈 수 있는 곳은 어디일까.

"내가 다시 연락할게."

억지로 짓는 미소가 어색하겠지만 그래도 힘주어 웃었다. 윤아한테 일그러진 얼굴로 학교를 떠나는 모습을 보여 주고 싶지는 않았다.

1층 급식실을 지나쳐 정문으로 걸었다. 마침 수위 아저씨가 어디에 갔는지 보이지 않았다. 그 틈을 타 서둘러 교문을 나왔다.

윤아에게 한 말은 진심이었다. 앞으로 내가 어떤 결정을 내리든, 어디를 향해 걸어가든 다시 윤아에게 연락하고 싶다. 그 애가 나한테 실망한 몫까지 더 잘해 주고 싶다. 윤아가 나를 용서하고 내게 기회를 다시 준다면 말이다.

집으로 걸어가는 길에 이비인후과 간판 하나를 발견했다. 망설임 없이 병원으로 올라갔다. 의사는 내 교복을 잠깐 슬쩍 보고는 기계를 만지작거렸다.

"비염 때문에 조퇴했어요?"

"네. 환절기마다 심해서요."

"어디 보자……."

가느다란 기구가 콧속으로 쑥 들어왔다. 의사는 약을 차례로 뿌린 후 다음 주에 한 번 더 오라는 말을 덧붙였다.

1등을 지켜야 한다는 강박과 성적 스트레스로 몸도 마음도 너덜너덜해진 지 오래였다. 그래서 미처 생각하지 못했다. 엄마의 고정된 월급으로 어떻게 그렇게 많은 학원을 다니고 어떻게 그렇게 비싼 고액 과외를 받을 수 있는지 알려고 하지 않았다.

아니다. 실은 알았다. 다 알면서 모른 척했다. 엄마나 아빠가 빚을 내든 말든 내 알 바 아니라고 생각했다. 내 역할은 공부를 해서 결과를 보여 주는 거라고 생각했을 뿐, 그 과정까지 신경 쓰고 싶지 않았다. 그러기에 지나치게 바빴고, 남는 에너지도 없었다. 엄마와 아빠가 원하는 등수를 얻고 싶다면 이 정도는 당연히 투자해야 한다고 생각했다. 세상에 공짜는 없는 법이니까.

약국을 나와 한참을 걸었다. 어디로 걷고 있는지 알 수 없었다. 하나둘 낙엽이 뒹구는 거리를 걸으면 걸을수록 내가 오래전부터 길을 잃어버린 미아였는지도 모른다는 생각이 들었다. 엄마 손에 이끌려 어디로 하염없이 걸었지만 그곳이 어디인지, 왜 그곳에 가야 하는지 몰랐으니까. 엄마 곁에서 그리고 학교 안에서 나는 나를 찾을 수 있는 길을 잃어버린 지 오래였으니까.

어릴 때부터 알레르기성 비염이 심했다. 엄마는 내 손을 잡고 백방으로 뛰어다녔다. 용하다는 한의원에 가서 두 달 넘게 침을 맞기도 했고 아주 잘 본다는 이비인후과 의사를 만나기 위해 몇 시간이나 차를 타고 가기도 했다. 항생제 섞인 양약은 물론이고 한약까지 먹어 봤지만 소용이 없었다.

어느 날, 병원에 가지 않겠다고 떼를 부렸다. 다녀 봤자 차도도 없는데 남은 휴가를 모조리 쓰면서 전국을 쏘다니는 엄마의 열정에 지쳐 버렸다. 거실 소파에 누워서 어떤 치료도 받지 않겠다고 버티는 내게 엄마는 또랑또랑한 목소리로 말했다.

"가은아, 한 군데만 더 가 보자. 응? 엄마는 포기할 수가 없어. 내 일이라면 몰라도 내 딸 일은 그게 안 돼."

엄마는 내 비염을 낫게 해 줄 수 있다면 지구 끝까지 달려갈 기세였다. 소중한 휴가를 나 때문에 다 써 놓고서도 지친 기색 하나 없는 사람. 내게 있는 작은 병 하나 용납할 수 없는 사람. 누구보다도 내가 온전하고 완벽하기를 바란 사람. 자신의 영광이 아니라 나의 영광을 위해 기꺼이 잘못을 저지른 사람.

그 사람이 지금 그곳에 있다.

책상에 앉아 노트를 펼친다. 깊이 숨을 내뱉은 뒤 펜을 다부지게 잡는다. 부르는 것만으로도 복잡한 마음이 되어버리는 그 단어를 적는다. 몸살에 걸려 끙끙 앓는 나를 간호하던 엄마의 차가운 손을 기억한다. 매운 떡볶이를 먹고 헐떡이고 있으면 차가운 우유를 갖다주면서 실실 웃던 엄마의 표정을 생생히 기억한다. 엄마가 해 준 김치찌개가 그립다.

엄마에게

걱정되는 마음에 편지를 써요. 그곳은 어떤가요? 지낼 만한가요? 날씨가 점점 추워질 텐데 걱정이네요. 엄마 추위 많이 타잖아요. 겨울에는 지독한 감기를 달고 살고요. 그곳에도 따뜻한 물이 나오죠? 제 걱정은 하지 마세요. 저는 정말 잘 지내고 있어요. 할머니가 과자, 패스트푸드, 치킨도 못 먹게 해서 아주 건강식만 먹고 있어요. 중간고사 준비도 계획대로 착착 진행하고 있고요. 예감이 좋아요. 이번에도 실망시키지 않을게요. 엄마. 또 편지할게요.

골드베르크 변주곡

'행복한 가정은 모두 모습이 비슷하고, 불행한 가정은 제각각 다른 모습으로 불행하다.'

톨스토이 소설 『안나 카레니나』의 첫 문장이다. 문학사에서 이 문장보다 더 유명한 첫 문장은 없을 거라고 말해준 사람은 형이었다. 형은 책을 좋아했다. 틈날 때마다 책을 읽고 좋아하는 문장을 정리해 SNS에 부지런히 올렸다.

형이 올린 문장을 만났을 때 나는 좀 의문이 들었다. 정말 그럴까. 자세히 들여다보면 불행한 가정 또한 비슷한 이유로, 비슷한 모양새로 불행한 것 같아서 말이다. 결국 그렇지 않나. 불행한 집들의 공통분모는 의외로 간단하다. 가난하거나 사업이 망했거나 누가 아프거나 누가 우울하거나 이혼했거나 도망갔거나 죽었거나.

"19번."

음악 쌤의 호명을 듣고 얼떨결에 일어났다. 쌤이 서 있는 앞으로 걸어가는 짧은 길이 구만리 같다. 실기 시험 따위 무시하면 그만이지만 그래도 보는 눈이 많으니까 일단 앞으로 나갔다.

"연습을 하다 말아서."

쭈뼛거리는 나에게 음악 쌤은 한 줌의 용기를 심어 주려 애썼다.

"괜찮아. 편하게 해."

피아노 건반 위에 두 손을 올렸다. 짧게 한숨을 토해 낸 뒤 눈을 질끈 감았다. 피아노를 만난 손가락들이 물 만난 물고기처럼 자유롭게 헤엄을 쳐 댔다. 무의식에 접속된 듯 마구 폭주하던 손가락들이 갑자기 뚝 멈췄다. 내 숨도 멎을 것만 같다.

"여기까지 연습했어요."

그제야 눈을 뜨고 쌤의 얼굴을 바라봤다. 쌤은 팔짱을 풀며 내 쪽으로 한 걸음 다가왔다.

"누구 곡이니?"

"제가 작곡했는데요."

"그래?"

쌤은 잘 들었다고 말했다. 아이들한테 박수를 유도하는 것도 잊지 않았다.

"작곡까지 한다니, 동훈이 멋지네. 모두 박수."

딴짓하던 아이들 몇 명이 성의 없이 손뼉을 쳐 댔다. 대부분의 아이들은 고개를 처박고 휴대폰을 들여다보느라 정신이 없었다. 수업 시간에 휴대폰 전원을 켜 두는 행위는 교칙 위반이다. 들키면 벌점을 먹는다. 그러거나 말거나 애들은 휴대폰을 손에서 놓지 못했다. 특히 음악 쌤처럼 나이스하고 착해 빠진 사람 앞에서는 거리낌 없이 휴대폰을 했다. 나는 자리로 돌아와 죽 이어지는 아이들의 악기 연주를 무심한 눈길로 구경했다.

종례가 끝나고 학교를 나올 때 누가 내 이름을 불렀다. 고개를 돌려 두리번거렸지만 내 이름을 부를 만한 사람은 보이지 않았다. 몸을 돌려 걷는데 다시 나를 부르는 소리가 들렸다.

"이동훈!"

걸음을 멈췄다. 홍지유가 헐레벌떡 달려왔다. 그러더니 내 앞에서 상체를 숙이며 거친 숨을 몰아쉬었다.

"너, 걸음, 진짜 빠르다."

가쁘게 숨을 내뱉는 그 애를 내버려 둔 채 나는 걸음을 옮겼다. 주머니에서 휴대폰을 꺼내 시간을 확인했다. 지체

할 틈이 없었다. 내가 늦게 가면 그만큼 형이 고생을 하게
된다.

"나 좀 늦어서. 다음에 얘기하자."

그렇게 말했는데도 지유는 재게 발을 움직여 나를 바투
따라왔다. 제법 되던 거리를 줄이더니 차츰 나와 보폭을
맞췄다. 하는 수 없이 정류장까지 나란히 걸었다.

"너 작곡 누구한테 배워?"

지유가 눈을 반짝이며 물었다.

"지금은 안 배워. 왜?"

"아, 나도 배워 보고 싶어서."

"인터넷 검색해 봐. 실용 음악 학원 쫙 나와."

지금 건너야 버스를 안 놓치는데 하필 신호등에 걸렸다.
조바심이 나서 애꿎은 손가락을 뒤로 꺾어 댔다. 속으로
동동거리는 줄도 모르고 지유는 내 곁으로 바짝 다가오며
은밀하게 말했다.

"있지, 네가 나 좀 가르쳐 주면 안 돼?"

1년 전, 엄마가 쓰러졌다. 형과 나는 병원으로 달려갔다.
가족 모두 패닉 상태에 빠졌다. 무슨 정신으로 병원까지
갔는지 아직도 기억이 나지 않는다. 병원에 도착해서도 어
안이 벙벙하고 정신이 하나도 없었다.

중환자실 앞은 면회를 기다리는 환자 가족들로 복잡했다. 아빠는 의자에 앉았고 형과 나는 사람들 틈을 서성였다. 먼발치에서 바라본 아빠는 이제껏 내가 알고 있던 사람이 아닌 것 같았다. 엄마가 쓰러진 순간부터 아빠는 빠르게 늙기로 결심한 사람처럼 하루가 다르게 수척해졌다. 병원 복도를 비추는 조명은 조금의 어둠도 허용하지 않겠다는 듯 밝았지만, 아빠 얼굴에는 매번 그늘이 있었다. 하얗게 변해 버린 앞 머리칼을 손으로 쓸어 넘기는 아빠를 넌지시 건너다봤다.

"엄마는 곧 일어날 거야."

아빠는 탄식 대신 자주 그 말을 했지만, 형도 나도 그 말을 선뜻 믿지 않았다. 의학적인 지식이 없어도 알 수 있는 것들이 있다. 사람의 얼굴빛, 입술 색깔만 봐도 직감적으로 느껴지는 것들 말이다.

"면회하실 가족분들 줄 서 주세요."

굳게 닫혔던 입구가 열렸다. 사람들은 질서정연하게 줄을 서며 들어가 세정제로 손을 닦았다. 우리 차례가 다가왔다. 아빠가 앞장서고 형과 나는 뒤를 따랐다.

맨 안쪽 침대 위에 엄마가 누워 있었다. 엄마의 손등과 하얀 팔목에 매달린 여러 개의 튜브로 알 수 없는 물질이 들어가고 나갔다. 주삿바늘이 꽂힌 팔목은 잔뜩 멍이 들어

푸르죽죽했다. 눈을 감은 채 목을 높이 치켜든 엄마는 몹시 기진맥진해 보였다. 엄마의 벗겨진 하반신은 얇고 하얀 타월이 간신히 가려 주고 있었다.

누구보다도 바지런하고 꾸미기 좋아하는 엄마였다. 화장 안 한 맨얼굴로는 외출조차 하지 않던 엄마였다. 그런 엄마가 무방비 상태로 내 앞에 누워 있었다. 마치 한 마리 연약하고 어린 짐승처럼 깊은 잠에 취해 있었다. 속에서 자꾸만 뜨거운 것이 솟구쳤다. 그게 어떤 감정인지 나조차도 알 수 없었다.

"어떤가요?"

아빠가 분주히 움직이는 간호사를 붙잡고 물었다.

"바이털 사인은 나쁘지 않은데 의식이 없으세요."

아빠는 더 묻고 싶은 말이 있는 듯 입술을 달싹였다. 그러나 간호사는 다른 환자의 침대로 재빨리 넘어갔다. 엄마를 바라보던 아빠 몸이 슬쩍 휘청거렸다. 형은 잽싸게 아빠의 팔을 붙잡았다. 형의 강파른 팔이 아빠의 몸을 뒤에서 꽉 붙들었다.

얼마 지나지 않아 엄마는 중환자실에서 쫓겨났다. 병원에서는 환자에게 더는 해 줄 수 있는 게 없다고 말했다.

나는 종종 병실에 꽃을 사 갔다. 엄마가 좋아하는 하얀 비단향꽃무와 유칼립투스를 사 가면 병실을 같이 쓰는 아

골드베르크 변주곡

주머니가 꽃병을 대신할 유리병을 찾아 주었다. 병실에 꽃이 있다고 달라질 것은 하나도 없었지만 그냥 마음이 한결 나았다. 어쩌면 엄마 코에도 꽃 내음이 닿을지 모른다고 믿고 싶었다.

"엄마, 나 왔어."

내 목소리에 엄마의 몸이 조금이라도 반응할까 싶어 신경을 곤두세웠지만 얼음에 갇힌 사람처럼 딱딱하게 굳은 엄마 몸은 꼼짝도 하지 않았다. 아무리 엄마를 불러도 엄마는 묵묵부답이었다. 가슴이 묵직하게 아팠다.

"집에 가고 싶다고? 알아. 곧 갈 수 있을 거야."

나는 부러 더 밝고 명랑한 목소리로 말했다. 엄마의 손끝이나 입가가 조금이라도 움직이기를 바라면서. 그런 일이 일어날 리 없다는 것을 누구보다 잘 알면서.

누가 손을 잡아 주기를 간절히 바라는 것처럼 엄마의 두 손이 무방비로 펼쳐져 있었다. 나는 엄마 손을 꼭 잡아 주었다. 목이 추워 보여 이불을 조금 당겼다. 위로 당겨진 이불 아래로 엄마의 발과 발목이 드러났다. 걷지 못해 얇아진 발목과 세월의 더께가 쌓인 발뒤꿈치 각질이 고스란히 보였다.

엄마는 자기 발을 싫어했다. 발이 넓적하게 크고 투박해서 못생겨 보인다고 투덜거렸다. 그래서인지 엄마는 항상

발을 숨겼다. 집에서도 양말을 신거나 실내용 슬리퍼를 신었다. 나는 이불을 다시 내려 엄마 발을 이불 안으로 숨겨 줬다. 형한테 보드라운 수면 양말을 넉넉히 사 오라고 말해야겠다.

그런 생각을 하며 엄마 얼굴을 다시 내려다봤다. 곱고 하얀 피부는 어디로 사라지고 누르죽죽하게 변한 피부가 보였다. 엄마 몸에 연결된 수액과 기계의 전선을 맥없이 바라보다가 어금니를 꽉 물었다.

이튿날도, 그 이튿날도 지유는 나를 귀찮게 졸랐다. 나는 다른 사람을 가르칠 작곡 실력이 안 된다고 몇 번이나 말해도 듣지를 않았다. 계속 자기 말만 했다. 작곡을 배우고 싶은데 엄마 아빠가 반대한다. 용돈도 진짜 짜게 줘서 실용 음악 학원에 다닐 수도 없다. 그렇다고 공짜로 배우겠다는 소리는 아니다. 약간의 사례비를 주겠다. 아주 기초적인 거라도 좋으니 배운 걸 알려 달라.

이 애를 설득하려면 지금 내 상황을 솔직히 이야기하는 수밖에 없는데 그러고 싶지 않았다. 지금 내가 얼마나 아득한 절망에 빠져 있는지 내 입으로 말하고 싶지 않았다. 절대로.

급식실을 나오는 나를 쫄래쫄래 따라오며 칭얼대는 지

유에게 단호하게 말했다.

"미안한데 그럴 시간 없어."

"일주일에 한 시간도 안 돼?"

"응. 안 돼."

매몰찬 말투로 말했으니 알아들어야 마땅한데, 내가 그 애를 잘못 봤다. 헐렁하게 봤다간 큰코다친다는 걸 깨우쳐 주려는 걸까. 지유는 작전을 바꿔 날 괴롭혔다. 쉬는 시간 마다 찾아와 말을 걸며 친한 척을 했다.

"너 바흐 좋아해?"

"그건 또 왜?"

"아니, 네가 작곡한 곡 듣는데 〈골드베르크 변주곡〉이 떠올랐거든."

속으로 뜨끔하고야 말았다. 그 곡을 작곡하는 동안 바흐 의 〈골드베르크 변주곡〉을 수십 번 반복해서 들었다. 그걸 어떻게 알았지? 귀신에 홀린 것 같은 표정을 들키고 싶지 않아 다급히 고개를 숙여야 했다.

며칠 지나자 아이들이 슬슬 나를 꼬나보았다. 지유와 나 는 누가 봐도 어울리는 조합이 아니었다. 그 애는 우리 반 회장이자 인싸였다. 성적도 우수했다. 나는 변변한 친구 한 명 없이 혼자 지냈다. 엄마가 그렇게 되고 어둠의 아우 라만 뿜고 다녔으니 어쩌면 당연한 일이었다. 그런 나를 지유가 일부러 찾아와 쉬지 않고 쫑알쫑알 떠들어 댔으니 어떤 일이 벌어질지 뻔했다.

아이들이 뭐라고 떠들건 관심 없었다. 그저 나는 자고 싶었다. 수업 시간에 자든 말든 상관하지 않는 과목 몇 개와 쉬는 시간 그리고 점심시간의 짬이 나에게 얼마나 소중한지 안다면 이렇게 날 괴롭히지 못할 텐데. 그러지 않으려고 애썼지만, 자꾸만 그 애한테 짜증이 났다. 가만히 있어도 펄떡대는 관자놀이가 쿡쿡 쑤셨다.

병원에서는 엄마를 요양 시설로 보내라고 했지만 그럴 돈이 없었다. 엄마를 집에서 돌보기로 결정하고부터 형과 나는 비상 체계에 돌입했다. 밀린 병원비 때문에 아빠는 엄마를 돌볼 여력이 없었다. 결국 엄마를 돌보는 일은 형이 전담할 수밖에 없었다.

오전에 잠깐 요양 보호사가 왔지만, 청소를 해 주고 반찬을 해 주는 게 전부였다. 형은 점심을 대충 때우고는 쉴 틈 없이 엄마를 돌봤다. 끼니때마다 영양식을 챙기고, 가래가 끼지 않게 빼내고, 기저귀를 갈고, 혹여나 욕창이 생길까 봐 엄마 몸을 번쩍 들어 정성껏 닦아 주었다. 내가 학교에서 집으로 달려갈 때까지 형은 그 모든 일을 전부 혼자서 해냈다.

간식을 먹고 형을 도왔지만 내 손이 야무지지 못해 오

골드베르크 변주곡

히려 형을 번거롭게 했다. 그래도 형을 돕고 싶었는데 형은 자꾸 날 학원에 보내려 했다. 학원 다닐 돈을 아빠가 더는 주지 못하자 인터넷 강의라도 들으라고 떠밀었다.

꾹 참다가 하루는 형한테 짜증을 냈다. 그날따라 나는 끝까지 뻗대며 으르렁댔다.

"형 혼자는 무리라니까. 그러다 큰일 나."

그러잖아도 삐쩍 마른 몸이 병간호로 해골이 되었는데도 형은 마른 미소를 지었다.

"아직 젊어서 괜찮다니까."

뭔 개소리야. 젊은 걸로 따지면 내가 더 젊지. 그렇게 쏘아붙이고 싶었지만 참았다. 형은 나와 말다툼할 힘조차 없어 보였다.

형은 점점 피폐해졌다. 기운 넘치던 목소리가 감쪽같이 자취를 감췄다. 그러더니 곧 미소가, 그다음에는 표정이 사라졌다. 엄마가 아니라 형이 산송장 같았다.

그러다가 문제가 터졌다. 형이 지나가는 말로 요즘 한쪽 눈이 좀 뿌옇다고 했다. 당장 안과에 데리고 갔다. 의사 입에서 생소한 병명이 흘러나왔다.

"포도막염입니다. 먹는 약은 부작용이 있으니 눈에 넣는 약을 드리죠."

포도막이 뭔지 검색해 봤다. 망막과 공막의 중간층에 해

당하는 막이란다. 포도막염은 포도막 혈관계에 일어나는 염증을 가리키는데, 치료를 해도 재발하는 경우가 많단다. 마지막 문장을 읽는데 손끝이 떨려 왔다.

'영구적인 시력 상실로 이어질 수 있다.'

시력 상실? 그럼 한쪽 눈이 안 보일 수도 있다는 말인 가? 형이 얼마나 책 읽는 걸 좋아하는데. 지금은 휴학 중 이지만 언젠가는 복학해서 박사 학위까지 따고 싶다고 몇 번이나 말했는데.

이제 더는 물러설 수 없었다. 엄마가 그랬다. 동훈이 고 집은 가끔 쇠심줄보다 질기다고. 저녁 세 시간은 물론이 고 밤에도 내가 엄마 곁에 있을 거니까 말리지 말라고 엄 포를 놓았다. 염증이 다 나을 때까지 타협은 없으니 그렇 게 알라고 큰소리 땅땅 쳤다. 하지만 엄마를 간호하는 일 은 쉽지 않았다.

무엇보다 가장 큰 문제는 수면 부족이었다. 그래서 요즘 나는 학교에서 잔다. 밤에 몇 번이나 깨서 엄마가 괜찮은 지, 가래 때문에 숨이 막히지는 않는지, 기저귀가 축축하 지는 않은지 살펴야 하니 늘 잠이 부족했다. 이런 상황을 안다면 홍지유 너, 나한테 뭘 가르쳐 달라는 말 따위 할 수 없을 텐데.

음악 실기 시험이 이어졌다. 지유는 세 번째 차례였다. 피아노 앞에 앉아 한참 감정을 추스르더니 건반을 누르기 시작했다. 바흐의 〈골드베르크 변주곡〉이었다. 곡의 앞부분은 서정적인 아리아였다. 지유는 힘을 다 빼고 노련하게 연주했다. 소란스럽던 아이들이 입을 다물고 그 애의 연주에 귀를 기울였다. 나도 눈을 감고 공기 중을 떠다니는 선율에 집중했다. 눈앞에 엄마의 환영이 일렁였다. 엄마가 하늘거리는 드레스를 입고 피아노를 연주해 주던 날이 생생히 떠올랐다.

"네 아빠랑 결혼하지 않았다면 엄마는 피아니스트가 됐을 거야."

〈골드베르크 변주곡〉을 연주하다가 엄마는 피아노 옆에 서 있는 나를 올려다보며 그렇게 말했다. 아름다웠다. 엄마의 하늘색 드레스도, 거실 공기를 가르던 피아노 소리도, 자신이 피아니스트인 모습을 상상하며 꿈결에 잠긴 듯한 엄마 얼굴도. 어느 것 하나 빠짐없이 아름답고 완벽한 날이었다.

연주가 끝났다. 쌤이 시키지 않았는데도 아이들 몇 명이 박수를 쳤다. 어떤 아이는 입술을 비틀어 크게 휘슬 소리를 냈다. 지유의 두 뺨이 붉어졌다. 발그레해진 미소를 내비치며 지유가 내 쪽으로 걸어왔다. 순간 지유 얼굴이 사라지고 엄마가 나타났다. 젊고 아름다운 엄마의 등장에 나도 모르게 손을 뻗었다. 나를 스쳐 지나가는 지유의 팔을 내 손이 낚아챘을 때 그 애는 당황해 뒷걸음질 쳤다. 그제야 내가 붙잡은 사람이 엄마가 아니라 지유라는 사실을 깨달은 나는 자리에서 일어나 음악실 밖으로 내달렸다.

집에서는 늘 피아노 소리가 났다. 피아노를 배우려고 동네 아이들이 우르르 집으로 몰려들었다. 엄마의 시간을 독차지하는 아이들이 얄미웠다. 엄마를 졸라 나도 피아노를 배우기 시작했다. 피아노 실력은 하루가 다르게 늘었다.

"우리 동훈인 음악 해야겠어."

엄마는 칭찬을 아끼지 않았다. 손가락이 길어서 피아노 연주에 딱이다, 손 모양이 어쩜 이렇게 완벽하게 아름다울까, 조금 있으면 동훈이가 엄마 연주 실력을 뛰어넘겠는데? 쏟아지는 칭찬에 점점 신이 났다. 피아노 실력은 빠르게 향상했고 피아노를 치는 시간도 길어졌다. 엄마에게 피아노를 배우는 시간이 좋았다.

작곡 공부를 하고 싶다고 했을 때도 엄마는 응원과 격려를 아끼지 않았다. 음악 하면 밥 벌어먹기 힘들다고 자꾸 반대하는 아빠를 차분히 설득해 준 사람도 엄마였다. 엄마가 아니었다면 나는 피아노와 거리가 먼 사람으로 자랐을 것이다. 작곡가가 되고 싶다는 마음도 품지 못했을 것이다.

운동장 귀퉁이가 내려다보이는 벤치에 주저앉았다. 바흐의 곡을 다시 듣고 싶었다. 〈골드베르크 변주곡〉은 50분 넘게 이어지는 긴 곡인데, 아까 지유가 연주한 부분을 엄마와 나는 특히 좋아했다. 어제도 나는 방문을 활짝 열어 놓고 엄마를 위해 바흐를 연주했다. 내가 건반을 두드리면 엄마 얼굴에 온화한 미소가 생생히 피어오를 것만 같았다. 손을 뻗으면 금방 만질 수 있을 것 같은 그 미소가 그리울 때마다 나는 〈골드베르크 변주곡〉을 쳤다.

그나저나 음악 쌤한테 뭐라고 하지? 급히 화장실에 가야 했다고 둘러대면 넘어가 줄지도 모른다. 머릿속으로 핑곗거리를 계속 고민했다. 마른세수를 벅벅 하다가 머리카락을 쥐어뜯는데 누가 햇살을 몸으로 딱 가렸다. 눈을 가늘게 뜨고 올려다봤다.

"여기서 뭐 해?"

지유였다. 아까 다짜고짜 그 애의 팔을 붙잡은 일이 떠올라 튀어 오르듯 일어섰다.

"앉아 봐."

다부진 그 애 목소리에 내 몸은 말 잘 듣는 로봇처럼 곧바로 자리에 앉았다. 아주 조신한 포즈로.

"너 아까 뭐야?"

지유가 따지듯이 물었다. 나는 어물쩍 이 상황을 넘어가고 싶은 마음뿐이었다.

"연주가 하도 훌륭해서. 영광스러운 손을 잡아 볼까 하다가⋯⋯."

지유가 내 말을 사정없이 잘랐다.

"야, 똑바로 말 못 해?"

돈 많은 집 애들은 티가 난다. 숨기려 해도 숨겨지지 않는다. 일단 들고 다니는 휴대폰과 가방이 다르고, 신고 다니는 운동화가 다르다. 그냥 소문으로 들은 얘기지만 홍지유의 부모가 학교에 행차하면 교장이 버선발로 맞이할 만큼 지유네 집은 영향력이 크다고 한다.

"엄마 어렸을 때 되게 부자였다? 으리으리한 집에서 살았어. 부모 잘 만나서 피아노도 배우고 바이올린도 배웠지. 근데 엄마 결혼하기 전에 폭삭 망했어."

엄청난 말을 천연스럽게 하다가 킬킬거리며 웃던 엄마. 땅도 집도 많은 부자가 어떻게 갑자기 폭삭 망했느냐고 물었더니 여전히 웃음을 머금으며 말했었다.

"망하는 건 한순간이던데?"

나중에 형이 부연 설명 해 준 바에 따르면 외삼촌이 사업을 크게 말아먹는 바람에 외할머니와 외할아버지의 많은 재산이 하루아침에 사라졌단다. 만약 외삼촌이 사업에

망하지 않았다면, 그래서 엄마가 유산을 조금이라도 받았다면 지금쯤 요양 시설에서 더 전문적인 간병을 받을 수 있었을까? 어떤 생각을 하든 그 끝은 지금 누워 있는 엄마에게 가 닿는다.

"이동훈, 너 내 말 듣고 있니?"

쏘아붙이듯 날카로운 목소리에 정신이 퍼뜩 돌아왔다. 이 상황을 어떡하든 모면해야겠는데 머리가 딱딱하게 굳었는지 굴러가지 않는다.

"미안! 진짜 실수였어."

지유가 나를 흘겨봤다.

"작곡 가르쳐 줄게. 화 풀어."

그토록 기다렸던 말을 들은 지유 얼굴에 눈부신 미소가 퍼졌다.

"정말이지?"

"응. 근데 우리 집에선 못 해."

"우리 집도 안 되는데. 집에 피아노 있지 않아?"

"있는데, 하여튼 못 해."

"그럼 내가 장소 구해 볼게."

환하게 웃는 지유 얼굴을 물끄러미 바라봤다. 만약 학창 시절의 엄마를 만날 수 있다면 어떤 느낌일까. 지유와 닮지 않았을까. 돈 많은 부모 밑에서 마음껏 피아노를 배우던, 티 하나 없이 맑고 순진한, 찬란히 펼쳐질 미래를 의심한 적 없었을, 내 또래의 엄마를 만나 보고 싶다.

저녁 먹기 전에 잠깐 짬을 내 인터넷 강의를 듣고 있는데 밖이 소란스러웠다. 무슨 일인가 싶어 나왔더니 목장갑을 낀 아저씨 둘이 피아노를 옮기고 있었다. 지금 뭐 하는 거냐고 윽박지르며 아저씨를 막아서자 아빠가 엄한 목소리로 제지했다.

"물러나, 이동훈."

나는 애원을 담은 눈빛으로 아빠와 형을 번갈아 쳐다봤다. 눈을 부라리는 아빠보다도 고개를 돌려 내 시선을 피하는 형의 모습이 가슴을 쑤셨다.

"이건 안 돼."

계속 같은 말을 지껄였다. 이것만은 안 된다고, 제발 한 번만 내 뜻을 따라 달라고 빌다가 협박하다가 별짓을 다 했지만 소용없었다. 형은 가만히 다가와 내 팔을 힘없이 붙들었다. 형의 깡마른 몸을 뿌리칠 힘이 충분히 있었지만 나는 그럴 수 없었다.

"형!"

"미안하다."

그렇게 말하고 형은 다시 내게서 시선을 돌렸다. 감정이 사라진 형의 무표정한 얼굴이 낯설게만 느껴졌다. 웃는 것도, 우는 것도 아닌 어정쩡하고 어색한 미소가 형의 전매특허였다. 그런 메마른 미소라도 본 게 언제였는지 기억조차 나지 않았다.

아저씨들이 땀을 뻘뻘 흘리며 피아노를 빼 갔다. 방금까지 피아노가 있던 자리는 먼지 덩어리와 버려진 휴지들로 지저분했다. 휑뎅그렁해진 공간을 빤히 보다가 아빠를 쏘아봤다.

"아빠가 뭔데 함부로 피아노를 팔아?"

아빠도 날카로운 눈빛으로 나를 째려봤다.

"이거 볼 때마다 속 시끄러워서 미쳐 버리겠어."

"아빠가 왜?"

"네 엄마 건강할 때 모습이 생각나니까!"

슬픔과 분노와 오래된 피로로 아빠 얼굴은 붉으락푸르락했다.

"그래도 그렇지. 피아노는 엄마 거라고! 엄마 허락 없이 이게 무슨 짓이야?"

아빠는 긴 한숨을 내뱉고는 집을 홱 나가 버렸다. 나도 이놈의 집구석 나가 버릴까? 이 엿 같은 상황에서 유일하게 나를 지탱해 준 피아노가 사라진 판국에. 뭐, 될 대로 되라지.

"동훈아, 형이랑 얘기 좀 해."

머리끝까지 화가 났는데 형의 지친 목소리를 들으니 화를 낼 수가 없었다. 형만 아니었다면 나도 정신 줄을 놓고 마음대로 개지랄했을 것이다.

형의 손에 이끌려 내 방에 들어왔다. 형은 나를 의자에 앉히고 침대 끄트머리에 걸터앉았다.

"미리 상의 못 해서 미안해."

형은 힘이 다 빠진 목소리로 말을 늘어놓았다. 아빠 회사 형편이 어려워서 월급이 몇 달 동안 나오지 않았다고 한다. 그래서 생활비를 위해 피아노를 중고로 팔 수밖에 없었다는 이야기였다. 실은 피아노를 볼 때마다 자신도 아빠도 엄마가 건강하던 시절이 생각나 많이 힘들었다는 말을 끝으로 형은 다시 입을 다물었다. 형이 해 준 말들이 무슨 뜻인지 충분히 이해했다. 피아노를 팔아야 하는 아빠의 마음이 편하지 않으리라는 것도 안다.

그렇지만……. 형, 나는?

건강하던 엄마를 잃고, 내게 말을 걸어 주던 엄마를 잃고, 함께 피아노를 치던 엄마를 잃고, 엄마의 미소와 웃음소리를 잃고, 엄마가 내게 준 사랑과 격려를 잃었는데 피아노까지 잃어야 해? 유일하게 내가 붙들고 있는 희망마저 빼앗겨야 해?

엄마가 쓰러진 직후에 나는 피아노에 손 한 번 대지 않았다. 엄마가 곧 일어날 거라고, 그러니 같이 피아노를 칠 수 있을 거라고 순진하게 믿어서가 아니었다. 만약 엄마가 뚱땅뚱땅 울려 퍼지는 피아노 소리를 듣는다면 자기 신세를 얼마나 한탄할까 싶어서였다. 그러다가 천천히 피아노에 손을 댔다. 내 연주를 들으면 엄마가 벌떡 일어날 것 같은 이상한 믿음 때문이었다. 이제 피아노는 내 곁에 없다. 자연히, 작곡을 하는 일도 작곡가가 되고 싶다는 꿈도 한없이 멀어질 것이다.

피아노가 사라진 뒤에 나는 음악의 세계로 도망갔다. 틈만 나면 이어폰을 꽂고 음악을 들었다. 바흐도 좋았고 모차르트도 좋았다. 내가 좋아하는 엔니오 모리코네와 한스 치머 음악도 많이 들었다. 감미로운 선율이 귓가에 울리면 잠시나마 모든 것을 잊을 수 있었다. 그렇게 해 주는 음악의 힘에 번번이 고마움을 느꼈다.

며칠째 잠을 못 잤다. 간호해야 하는 환자가 집에 있으면 보호자의 몸이 어떻게 변하는지 새롭게 알아 가는 중이다. 잠을 통 못 자면 밥맛이 싹 사라진다는 사실도 이번에 알았다. 한적한 자리에 홀로 앉아 밥을 먹는데 입 안에서 밥알이 겉도는 느낌이다. 그렇게 깨작깨작 밥알을 씹고 있는데 지유가 급식 판을 들고 내 앞에 앉았다.

"장소 구했어."

무슨 비밀 작전을 수행하는 사람처럼 지유가 소곤거렸다. 그 모습이 좀 웃겼지만 웃음이 입 밖으로 나오지는 않았다. 정확히 말하면 웃을 힘이 없었다.

"그래? 언제 시작할까?"

"음, 모레 어때?"

"좋아."

학원을 다니지 않으니 시간은 많았다. 다만 미리 형에게 양해를 구해야 했는데 불가능한 일은 아니었다. 모레 5시, 보건소 건너편에 있는 샛별피아노학원에서 만나기로 했다. 약속도 했겠다, 숟가락을 놓고 일어나려는데 지유가 대뜸 물었다.

"너, 무슨 일 있어?"

왜 그런 걸 묻느냐는 듯 나는 어깨를 으쓱했다. 그 애가 목소리를 한껏 낮춰 조곤조곤 말했다.

"얼굴이 안 좋아 보여서. 아픈 것 같기도 하고. 며칠째 밥도 통 안 먹던데."

내가 밥을 먹는지 안 먹는지 어떻게 알았을까. 실은 나조차 내가 밥을 먹는지 마는지 관심이 없는데 말이다.

"몸살 기운이 있나 봐. 좀 쉬면 돼."

　　　　　　　　　골드베르크 변주곡

별일 아니라는 듯 무심히 대꾸하고는 급식실을 나왔다. 복도를 하염없이 걷다가 학교 건물을 나왔다. 그러고는 운동장이 내려다보이는 스탠드에 앉았다. 별일 아니라고 말하면 제발 좀 말하는 대로 되었으면 좋겠다. 지금 내게 벌어진 일들이 그저 몸살감기였으면 좋겠다. 잠깐 앓고 지나가 버리는 일이면 좋겠다.

지유가 무슨 일 있느냐고 물었을 때 속에서 뭐가 울컥 복받쳐 올랐다. 솔직하게 다 말해 버리면 지금 날 누르고 있는 짐 덩어리가 가벼워질 수 있을까? 하지만 내 절망을 이야기한다고 뭐가 달라질까? 지유처럼 모든 것을 다 갖고 있는 애가 과연 내 상황을 이해나 할 수 있을까?

때로는 지유가 좀 미웠다. 돈 많은 집에서 태어나 사랑을 듬뿍 받아 구김살이 없는 아이. 주변에 밝은 기운을 잔뜩 전하며 어디를 가든 사람들이 환영하고 좋아하는 아이. 배우고 싶은 것이 있다고 솔직하게 말하는 아이. 하고 싶은 것도, 되고 싶은 것도, 배우고 싶은 것도 많은 아이. 몇 번을 다시 태어난다고 해도 나는 절대 될 수 없을 것 같은 사람이 그 애였다.

까무룩 잠에 빠져 오랜만에 깊은 잠을 자는 중이었다. 웅얼거리는 목소리가 들리더니 곧 고성이 오갔다. 손등으로 눈을 비비며 일어났다. 문을 살짝 열고 귀를 갖다 댔다. 아빠와 형이 악다구니하는 소리가 들렸다.

"이제 더는 못해. 나도 한계야."

형이 울부짖었다. 가슴이 철렁 내려앉았다.

"요양 시설에 자리가 없다는데 어쩌겠어?"

아빠 말에 형은 고래고래 악을 썼다. 아득바득 끝까지 싸울 태세였다.

"비싼 시설엔 자리 있다며."

"돈이 없는 걸 어쩌라고."

"일단 빚내. 나중에 내가 갚을게."

"동호야."

"나 할 만큼 했잖아!"

"목소리 낮춰. 동훈이 깨겠어."

한 사람이 집을 나가는 소리가 들렸다. 형 같았다. 그 뒤로 문이 닫히는 소리가 났다. 아빠가 화장실로 들어간 듯했다.

스르르 주저앉아 머리를 벽에 기댔다. 가슴이 욱신욱신 아팠다. 그토록 슬프고 처참한 형의 목소리는 처음 들었다. 형은 그동안 참아 왔던 슬픔과 분노를 일시에 터뜨렸다. 그럴 만했다. 형의 세계는 한없이 축소되었다. 스트레스를 풀 시간도, 친구를 만날 시간도 없었다. 그렇게 좋아

골드베르크 변주곡

하는 책도 읽지 못했다. 평범한 대학 생활도, 아르바이트를 하는 경험도, 여자 친구를 사귀는 기회도 없었다. 형은 날마다 반복되는 간병 일을 1년 가까이 군소리 없이 해냈다. 누구라도 지칠 법한 상황이었다.

이튿날 아침, 형과 아빠는 아무 일 없었다는 듯 식탁에 앉아 시리얼을 먹고 있었다. 그렇게 고래고래 고함을 질러 놓고 정말 내가 못 들었다고 생각하는 건가? 형은 태연히 내게 숟가락을 건넸다. 짜고 치는 고스톱이 따로 없었다.

시리얼을 퍼먹다가 나는 아빠를 힐끔거렸다. 그새 아빠는 더 늙어 있었다. 머리는 더 희끗희끗해졌고 이마의 주름도 깊어졌다. 웃음기 걷힌 얼굴은 푸석푸석하다 못해 만지면 바스러질 것 같았다. 형의 행색은 더 끔찍했다. 몇 달째 미용실에 가지 못해 머리카락이 봉두난발 그 자체였다. 면도할 여력도 없는지 형의 인중과 턱에 제멋대로 자란 수염이 덥수룩했다.

갑자기 형이 고개를 깊이 숙이더니 두 손에 얼굴을 묻었다. 형의 어깨가 들썩거렸다. 아빠 눈썹이 애벌레처럼 꿈틀거렸다. 무거운 침묵을 지키다가 아빠는 남은 우유를 벌컥 마시고는 자리를 떴다.

형에게 무슨 말이라도 하고 싶었지만 어떤 말도 적합하지 않다는 생각만 들었다. 형의 등에 손을 대고 토닥여 주고 싶었지만 움직일 수 없었다. 형의 몸에 손을 댈 수조차 없었다. 형이 얼마나 힘든지 누구보다 잘 안다고 말할 자격이 나에게 있나. 한동안 그 자세로 꼼짝도 하지 않던 형이 간신히 얼굴을 들어 올렸다. 형의 두 눈은 벌겋게 충혈되어 있었다. 내 예상과 달리 참담한 얼굴은 아니었다. 조금 누그러진 표정을 보니 이상하게 안도감이 들었다.

"학교 늦겠다. 얼른 가."

가방을 메고 학교까지 가면서 끔찍한 생각을 한다. 이건 엄마가 원한 마지막 모습이 아니다. 다정하고 단정했던 엄마에게 의식이 돌아온다면 무슨 말을 할지 난 알았다.

아빠는 엄마를 비싼 요양 시설에 보낼 능력이 안 되고, 비싸지 않은 요양 시설은 대기자가 넘친다. 형은 한계 상황에 다다랐다. 톡 하고 건드리면 금방이라도 폭발할 것 같은 상태. 그렇다면 남은 해결책은 하나다. 생각을 굳힌 뒤 나는 남은 힘을 짜내 학교까지 걸어갔다.

아빠는 야근이 있어 늦는다고 했다. 형은 피곤에 지쳐 깊은 잠에 빠져 있었다. 나는 엄마가 병실에 있을 때처럼 꽃을 사 왔다.

"엄마, 비단향꽃무의 꽃말이 뭔지 알아? 영원한 아름다움이래."

이제는 안다. 엄마는 이 꽃 냄새를 맡을 수 없다. 내 말을 들을 수도 없다. 엄마의 의식은 돌아오지 않을 것이다. 내가 사랑했던 엄마는 이 세상에 없다.

엄마는 언제까지나 아름답고 도도할 거라고 생각했다. 그것은 어디에서 비롯된 믿음이었을까. 엄마는 외출할 때는 물론이고 집에서도 곱게 화장한 모습만 가족에게 보여주었다. 나는 화장하지 않은 엄마의 맨얼굴이 나쁘지 않다고 생각했지만 엄마는 자신의 쌩얼에 만족하지 못했던 것 같다. 엄마 화장대를 빽빽이 채운 화장품에서 풍겨 나온 냄새를 기억한다. 몇 가지 토너와 수분 크림과 메이크업 베이스와 브러시 등이 질서 잘 잡힌 군대 행렬처럼 일렬로 가지런히 진열된 모습이 생생히 떠오른다.

"엄마, 대체 지금 어디에 있어?"

엄마는 지금 어디에 있는 걸까. 어떤 순간에도 상냥함을 잃지 않던 성품과 사람들의 이목을 집중시켰던 아름다운 미소는 어디로 사라져 버린 걸까. 엄마는 지금 아주 긴 꿈을 꾸고 있는 걸까. 그렇다면 지금 무슨 꿈을 꾸고 있을까. 아빠가 정년퇴직하면 함께 가려고 계획했던 하와이나 아이슬란드로 혼자 떠난 건지도 모른다. 아빠와 결혼하기 전 풋풋하고 싱그러웠던 미혼 시절로 돌아가 마음껏 연애를 즐기고 있는 건지도 몰랐다. 아니면 혼자 돼지갈비를 맛있

게 굽고 있으려나. 엄마와 형은 유독 돼지갈비를 좋아해서
우리 가족은 기념일마다 집 앞 단골 식당으로 향했었지.

엄마를 오래 들여다보았다. 토실토실하던 몸은 뼈가 드
러날 정도로 앙상해지고 손과 발은 띵띵 부었다. 퉁퉁 부
은 손가락과 핏기 없는 손톱을 찬찬히 응시했다. 기관지
튜브가 꽂힌 목은 주름이 져 쭈글쭈글했다. 에너지와 진이
다 빠져나간 엄마 얼굴은 누런 흙색이었다.

"엄마, 내가 편하게 해 줄까?"

나는 꺼끌꺼끌한 엄마의 발등을 바라보며 말했다. 엄마
가 의식이 돌아와 거울을 본다면, 자신이 줄곧 이런 몰골
로 누워 있었다는 사실을 깨닫게 된다면, 방이 떠나갈 듯
이 비명을 질러 댈지 몰랐다.

"이건 엄마가 원한 마지막이 아니야. 그렇지?"

주문을 걸었다. 이건 엄마를 위한 일이다. 그리고 모두
를 위한 일이다. 아빠를 위한 일이고 형을 위한 일이다. 무
엇보다도 나를 위한 일이다.

사랑을 가득 담은 눈길로 엄마의 피폐해진 얼굴을 한참
내려보다가 나는 엄마 손을 움켜쥐었다. 엄마 손등에 입술
을 갖다 댔다. 아랫입술을 다부지게 깨물며 엄마를 향해
허리를 굽혔다. 고개를 수그렸더니 엄마 몸에서 고약한 냄
새가 훅 끼쳤다. 약 냄새에 섞인 쾨쾨하고 어두운 냄새. 싸

한 소독약 냄새에 뒤엉켜 있는 가래에서 올라오는 냄새. 삶을 놓아 버린 자만이 풍길 수 있는 슬프고도 질긴 냄새. 예전에는 한 번도 엄마 몸에서 맡으리라 상상한 적 없는 그런 냄새. 지금은 익숙해질 대로 익숙해진 냄새.

만약 지금 이 순간 의식이 돌아온다면 엄마는 내게 간곡히 부탁했을 것이다. 이런 꼴로 살고 싶지 않다고. 가족들 고생을 더는 두고 볼 수 없다고. 그러니 제발 죽여 달라고. 그게 진정으로 날 위하는 일이니 제발 그래 달라고.

심장이 제멋대로 쿵쾅거렸다. 엄마 목 가까이 다가간 두 손이 덜덜 떨렸다. 엄마가 금방이라도 눈을 휙 뜨고 나를 바라볼 것만 같아 눈을 감았다. 손에 힘을 주면 엄마의 경동맥이 고스란히 느껴질까? 가느다란 맥박이 손 전체로 전달될까? 사람의 목을 조르는 연쇄 살인범이 나온 영화 속 장면을 상상한다.

입술을 질끈 깨물며 손으로 엄마 목을 휘감으려는 순간, 소리가 들린다.

동훈아.

나는 화들짝 놀라 눈을 동그랗게 치뜬다. 엄마 몸에 한껏 다가간 손을 맥없이 든다. 휘청휘청 뒷걸음질을 치며 엄마에게서 멀찍이 떨어진다.

다정하게 내 이름을 부르는 목소리. 그 어느 때보다도

또렷하고 생생한 목소리. 단 한 번이라도 좋으니 마지막으로 꼭 듣고 싶었던 목소리. 온 마음을 다해 간절히 그리워한 목소리. 다리에 힘이 풀린다. 나는 바닥에 퍼더버리고 앉는다. 눈물 한 방울이 뺨을 타고 흐른다. 아릿한 통증이 몸 전체로 퍼진다.

며칠 동안 엄마 곁을 떠나지 않았다. 학교도 빠졌다. 형이 불같이 화를 냈지만 고집을 부렸다. 형더러 좀 놀다 오라고 잔소리를 마구 해 댔다. 공원도 가고 노래방도 갔다 오고 친구들 만나 술도 한잔하고 오라고 했다.

오후 늦게 예상치 못한 손님이 집을 찾아왔다. 지유였다. 며칠째 결석하는 내가 걱정되는 마음 반, 회장으로서 수행 평가 과제와 점수를 알려 준다는 중요한 임무 반으로 왔단다. 추레한 추리닝 차림으로 손님을 맞았다. 지유는 감기 몸살이라더니 별로 아파 보이지 않는다고 잔소리를 늘어놓았다. 주스라도 챙겨 주려 했더니 됐단다. 그러다가 빠끔히 열린 방문을 힐끗 보고는 물었다.

"혼자 있는 거 아니었어?"

무슨 마음으로 그랬는지 모르겠다. 엄마가 누워 있는 방으로 다가가 문을 활짝 열었다. 내 뒤를 따라온 그 애가 깊은 잠에 빠져 누워 있는 엄마를 물끄러미 바라봤다.

골드베르크 변주곡

"내 피아노 선생님이야. 운 좋게도 훌륭한 선생님을 만났지."

엄마처럼 아름다운 미소를 짓고 싶었는데 얼굴 근육이 영 말을 듣지 않았다.

"내가 피아노를 치면 엄마는 정말 환하게 웃어 줬어. 그 모습이 너무 보고 싶어."

목이 메어 왔다. 내 말을 가만히 듣던 지유가 오른손으로 내 어깨를 토닥였다. 어떤 위로의 말도 없었지만 마음이 푸근했다. 누구한테 내 상황을 말했다는 것만으로도 속이 시원하고 편해졌다.

지유와 마주 보고 식탁 의자에 앉았다. 지유는 과제가 적힌 유인물을 내 쪽으로 밀었고 나는 식탁 위에 놓인 물을 마셨다.

"있지, 네가 작곡한 곡 완성할 거지?"

지유의 물음에 나는 잠시 대답을 골랐다.

"글쎄."

지유는 잠시도 망설이지 않고 말했다.

"완성해 주면 좋겠어. 그 곡을 들을 때 뭔가 느꼈거든. 마음이 뭉클하기도 했고."

작곡 과외를 위해 지유가 빌렸다는 피아노 교습소에서 이 곡을 마저 완성하면 어떨까. 곡을 완성한 뒤에 녹음해서 엄마에게 들려준다면 엄마의 무의식이 기뻐할지도 모른다. 엄마의 뇌가 남몰래 웃을지도 모른다.

"넌 왜 작곡을 배우려는 건데?"

지유는 메모지 귀퉁이를 세모로 접으면서 나를 바라보았다.

"음악에는 사람의 마음을 움직이는 힘이 있잖아. 그게 좋아."

그 말에 나는 가만히 고개를 끄덕거렸다.

"약속 못 지켜서 미안해."

약속을 못 지킬 것 같다고 미리 연락도 못 했다. 아무 연락 없이 약속을 펑크 내고 전화를 해도 연결되지 않으니 지유가 많이 황당하고 답답했을 것이다.

"괜찮아. 대신 레슨 횟수 늘려 주는 거다?"

나는 말없이 고개를 끄덕이다가 피식 웃었다.

"오, 너도 웃을 줄 아네?"

"뭐?"

풉, 하고 웃음이 터졌다. 지유와 나는 서로 마주 보고 잠시 쿡쿡댔다. 이 웃음소리가 엄마에게 닿았으면 하고 바랐다. 지유가 휴대폰을 만지더니 바흐의 〈골드베르크 변주곡〉을 틀었다. 아름다운 선율이 공기를 빼곡 채워 갔다.

엄마는 천재인 모차르트보다 겸손한 바흐를 좋아했다.

골드베르크 변주곡

햇살이 찬란히 거실에 들어찬 날, 바흐를 연주하다가 엄마는 조용히 말했었다.

"동훈아, 그거 아니? 이렇게 아름다운 소리는 영혼에 박힌대. 한번 몸에 들어오면 절대 밖으로 나가지 않는대."

엄마의 몸 곳곳에 박혀 있을 아름다운 소리가 엄마의 영혼을 끝까지 지켜 주면 좋겠다. 그런 생각을 하면서 나는 다짐했다. 엄마의 미소가 얼마나 따뜻했는지, 엄마 목소리가 어땠는지, 행복한 순간에 엄마가 어떤 표정을 지었는지 절대 잊지 않겠다고.

시드볼트

오늘의 마지막 방문자들이 보였다. 현준은 노아와 함께 다가가 인사를 건넸다. 방문객들은 목에 주렁주렁 달린 아이디 카드를 만지작거리며 부지런히 현준을 따라왔다. 그들은 현준에게 깊은 호기심을 드러냈다. 그러거나 말거나 현준은 무심한 얼굴로 전망대까지 그들을 이끌었다. 높다란 곳으로 이어진 계단을 열심히 올라가자 겨울인데도 땀이 났다.

드디어 시드볼트가 가장 잘 내려다보이는 전망대에 도착했다. 현준은 이 순간을 가장 사랑했다. 은빛으로 반짝이는 시드볼트와 섬진강 물결이 나란히 일렁여 하나인 것 같은 착각이 드는 순간.

"저기가 우리나라 두 번째 시드볼트 '고요'입니다."

현준이 입을 떼자 방문객들의 질문이 쏟아졌다.

"시드볼트 뜻이 뭔가요?"

현준이 재빨리 대답했다.

"종자 금고, 즉 씨앗 보관소입니다."

"시드볼트가 세계적으로 몇 군데 없다고 들었는데요."

현준이 대답하려는데 노아가 불쑥 끼어들었다. 지식이 가득 찬 인공 지능 로봇 노아는 평소에도 수다스러웠고 질문이 많은 방문객을 만나면 말이 더 많았다.

"시드볼트는 전 세계에 다섯 곳밖에 없습니다. 그중 두 곳이 대한민국에 있는데 처음 세워진 '노아'는 봉화에 있습니다. 공교롭게도 저와 이름이 같죠?"

노아가 던진 가벼운 농담에 방문객들은 예의상 웃음을 터뜨렸다. 백 번째 듣는 농담에 질릴 대로 질린 현준만이 고개를 절레절레 저어 댔다.

"봉화에 있는 '노아'에는 야생 식물 10만 종이 보관되어 있고 하동에 있는 이곳 '고요'에는 전 세계 농작물 8만 종이 보관되어 있습니다. 두 군데 모두 지하 46m에 두께 60cm 강화 콘크리트로 지어서 어떤 공격에도 끄떡없고 총 200만 점의 종자를 저장할 수 있게 설계되었습니다."

"와, 어마어마하네요!"

방문객이 진심으로 감탄했다. 노아는 더욱 많은 말을 쏟아냈다.

"내진 설계가 되어서 진도 7의 지진도 견딜 수 있고 비상 발전 시설이 있어 한 달간 전기 공급이 없어도 유지됩니다. 종자를 보관하는 지하실의 온도는……."

현준은 지루하게 이어지는 노아의 말을 인정사정없이 끊었다.

"좀 더 가까이 가서 볼까요?"

방문객들은 현준을 향해 미소 지으며 고개를 끄덕였다. 현준이 앞장서 계단을 내려갔다. 조금씩 서쪽으로 기울어지는 햇살을 받아 시드볼트 건물이 어슴푸레 반짝였다. 씨앗 모양을 본뜬 '고요'는 외벽이 은빛 타원형이었다. 빛을 받아 아름답게 일렁이는 '고요'를 볼 때마다 현준의 마음은 뿌듯함으로 차올랐다.

"학생, 몇 학년이에요?"

뿔테 안경을 쓴 남자 방문객이 현준 곁으로 다가왔다. 현준이 살며시 입꼬리를 올릴 뿐 아무 대답도 하지 않자 양산을 든 여자 방문객이 현준에게 양산을 씌워 주며 또 물었다.

"학교는 다니는 거죠? 이해해 줘요. 직업병. 우리가 선생님이라 미성년자만 보면 아주 집요해지거든요."

선생님이라는 말에 현준은 어물쩍 넘어가려는 마음을 포기했다. 뿔테와 양산은 적절한 대답을 듣기 전에는 결코 물러서지 않을 듯했다.

"삼촌이 종자 연구원이고 아빠가 경비원이라 여기 살아요. 가까이에 학교가 있어요."

"시드볼트에서 사는 게 가능해요?"

뿔테가 코를 쿵쿵거리다가 질문을 퍼부었다. 이번에도 노아가 현준의 대답을 가로챘다.

"봉화에 있는 시드볼트는 국가 보안 시설로 등록돼 사람이 살 수 없지만 이곳은 가능합니다. 물론 이곳도 최소한의 인력만 거주할 수 있습니다. 방문객들은 건물 외관과 1층 로비까지만 보실 수 있습니다."

현준은 금색으로 수를 놓은 하얀색 양산에서 빠져나왔다. 현준이 멀어지려 하자 양산은 집요하게 현준과의 거리를 좁혔다.

"학교 친구들 있겠지만 여기엔 어른들만 있을 거 아니에요. 심심하지 않아요?"

양산이 말했고 노아가 또 끼어들었다.

"제가 있어서 현준이는 외롭지 않습니다."

이렇게 말하고 노아는 뒤뚱뒤뚱 걸어갔다. 방문객들은 다시 웃음을 터뜨렸고 현준은 한숨을 푹푹 내쉬었다.

*

현준은 2년 전부터 '고요'에서 살았다. 삼촌이 이곳 연구원으로 오면서 아빠를 경비원으로 추천한 덕분에 그렇게 됐다. 현준은 이곳 생활에 큰 불만이 없었다. 아빠와 단둘이 지내는 게 불편하고 힘들던 참이었다. 삼촌과 함께 일하는 연구원들도 현준을 귀여워했다.

가끔 한가해지면 삼촌은 현준을 자기 연구실로 데려가 현미경으로 촬영한 보존 씨앗들을 보여 줬다. '고요'에는 농작물 씨앗이 대부분이라 야생 식물 씨앗은 많지 않았다. 쐐기벌레를 닮은 오동나무 씨앗은 징그러웠지만 개취 씨앗은 아름다웠다. 현준은 특히 보리 씨앗을 좋아했다. 튼튼하고 강인해 보여서 절로 안심이 되었다.

이곳에 오기 전 현준에게는 꿈이 없었다. 하고 싶은 일도, 해 보고 싶은 직업도, 좋아하는 것도 없었다. 그런데 지금은 꿈이 생겼다. 삼촌처럼 공부를 열심히 해서 이곳에서 일하고 싶었다.

"삼촌이 바라는 건 오직 하나야. 이곳이 절대 열리지 않는 거."

삼촌은 이 말을 자주 했다. 시드볼트가 열린다는 것은 세상이 위험에 빠졌다는 뜻이라고 했다. 노르웨이에 있는 시드볼트는 시리아가 내전으로 파괴되었을 때 딱 한 번 열렸다. 내전이나 전쟁, 기후 위기에서 비롯된 식량난으로 지구가 위험에 빠졌을 때만 열릴 수 있는 곳이 시드볼트였다.

시드볼트 안을 기웃거리는 현준 뒤를 노아가 졸졸 따라다녔다. 삼촌이 출장 간 틈을 타 현준은 삼촌 연구실에 몰래 들어갔다. 귀찮게 하는 노아를 확 떼어 내고 문을 닫으려는데 노아가 감기지 않는 커다란 눈으로 현준을 바라보았다. 혹시 쓸모가 있을지 몰라 노아를 안에 들였다.

"스마트폰에 메모하면 되지 왜 노트를 쓰냐."

현준은 툴툴대며 삼촌의 연구 노트를 펼쳤다. 삼촌의 아날로그 취향 때문에 세대 차이를 느꼈다. 연구 노트에 낙서하거나 수수께끼 같은 질문을 적어 삼촌을 골려 주는 게 현준의 유일한 낙이고 취미였다. 낙서를 하려는데 분홍 포스트잇이 눈에 들어왔다.

—V300485는 어디로?

V300485라면 우리밀 씨앗이었다. 현준이 세 번째로 좋아하는 씨앗이고 삼촌이 가장 좋아하는 씨앗이다.

"해수면이 더 상승하면 엄청난 식량난이 시작될 거야.

그때 세상을 구원해 줄 씨앗은 이거밖에 없어."

삼촌이 작게 속삭이는 소리를 현준은 똑똑히 들었다. 유전자 조작을 거쳐 20배 이상의 수확량을 거둘 수 있고 척박한 환경에서도 살아남을 수 있는 슈퍼 우리밀 씨앗. 미래 식량 자원의 핵심이 될 유일한 희망. 그게 사라졌다고?

현준은 삼촌에게 전화를 걸까 하다가 메시지를 보냈다.

—삼촌, V300485 없어졌어?

잠시 뒤, 삼촌에게서 답장이 왔다.

—너 또 낙서하고 있구나? 당장 내 방에서 나와라.
—대답해. V300485 사라졌어?
—삼촌이 알아서 할게. 너 영어 듣기 평가 얼마 안 남은 거 알지?

씨앗을 돌보는 사람이 되고 싶다고 했더니 삼촌은 과외 선생을 자처했다. 따로 내주는 과제와 테스트가 무지막지했다. 현준은 볼을 빵빵하게 부풀리다가 한꺼번에 "휴!" 하고 한숨을 터뜨렸다. 옆에서 알짱거리던 노아가 현준 어깨에 한 손을 올렸다. 현준은 한쪽 눈썹을 일그러뜨리며 노아가 걸친 손을 떼어 냈다.

차분히 생각해 보자. 외부인은 시드볼트 안에 들어올 수 없다. 씨앗을 보관하는 장기 저장소 접근은 더더욱 불가능하다. 몇 단계에 걸친 철통 보안을 뚫고 씨앗에 접근할 수 있는 사람은 오직 연구원뿐이다.

현준은 곁에 서 있는 노아를 힐끔 바라보았다. 삼촌이 이야기해 주지 않는 미스터리한 이 일에 접근하려면? 지금 현준에게는 노아의 칩에 담긴 엄청난 데이터베이스가 필요했다.

"지금 '고요'에 있는 씨앗 정보를 다 파악하고 있지?"

"물론이지."

"V300485 있는지 검색해 봐."

바로 노아의 대답이 이어졌다.

"없어."

"확실해?"

"V300485는 없어. 어제 오후 3시까지 있었어."

현준은 다리를 달달 떨며 물었다.

"어제 장기 저장소에 누가 드나들었어?"

노아는 삐리릭, 하는 소리와 함께 10초 만에 저장소를 드나든 인원을 살폈다.

"등록 번호 5, 7, 12번."

오케이. 용의자는 세 명이다. 등록 번호 5는 삼촌이다.

등록 번호 7은 삼촌의 동료 연구원이고, 등록 번호 12는?

현준의 눈동자가 커졌다. 12번은 바로 노아다.

*

"너 어제 장기 저장소에 들어갔냐?"

"아닌데?"

"확실해?"

"확실하지. 나 이래 봬도 로봇이다."

인공 지능한테 기억 운운하는 게 좀 웃겨서 현준은 혼자 피식거렸다. 인공 지능에게 기억이라는 게 존재할까? 사람 모양을 본떠 만든 휴머노이드 로봇 노아는 가끔 자기가 로봇이라는 사실을 까먹는 듯했다. 사람보다 더 사람처럼 굴 때도 있어 어이가 없었다.

노아의 칩에 접근했다. 칩은 노아의 전부라면서 웬만하면 접근하지 말라고 충고했던 삼촌 말이 잠깐 떠올랐지만 일단 무시했다. 잔소리가 심한 삼촌의 말을 묵묵히 따르는 삶은 애초부터 불가능에 가깝다. 현준의 스마트폰이 노아의 칩에 연결됐다. 어제 노아가 무엇을 보고 들었는지 녹화된 영상이 스마트폰 화면에 보였다.

오후 3시께, 노아가 장기 저장소 앞에 멈춰 섰다. 영상 기록에 경고 사인이 떴다. 노아의 아이덴티티를 확인하고 저장소 문이 열렸다. 씨앗 케이스를 손에 쥔 채 노아는 엘리베이터를 탔다. 엘리베이터에서 내려 회의실로 향하는 순간 탁, 하고 노아의 영상이 꺼졌다. 영상 기록은 한 시간 후에 다시 시작되었다. 회의실 문 앞에 쓰러져 있는 노아를 발견한 연구원 얼굴이 화면을 가득 채웠다.

시드볼트 내부에 도둑이 있다. 누굴까?

도둑은 노아를 이용해 씨앗을 훔쳤다. 연구원들은 용의자가 아니다. 삼촌에게 들은 바에 따르면 연구원들은 이곳에 들어올 때 연구 결과를 외부에 공개하지 않는다는 서약서를 쓴다. 그 서약을 어기면 큰 처벌이 따른다고 했다. 따라서 남은 용의자는 많지 않았다. '고요'에 살고 있지만 연구원이 아닌 사람들. 비상 전력을 관리하는 기술자. 이곳에서 일하는 사람들의 식사와 연구실 청소를 책임지는 직원들. 그리고 씨앗 연구를 위해 가끔 드나드는 식물학과 교수들. 이 중에 범인이 있다는 건데……

경고 사인이 뜬 걸로 보아 누가 노아의 시스템에 접근한 것이 분명했다. 연구원이 아니면서 컴퓨터 해킹 기술이 있는 사람이 용의자다. 도둑은 V300485 하나로 만족하지 않을 것이다. 보란 듯이 성공했으니 조만간 또 다른 씨앗을 훔치려 하겠지.

현준은 24시간 내내 노아를 감시했다. 실패하지 않았으니 범인은 같은 방법을 사용할 것이다. 이번에도 동일한 방법으로 씨앗을 훔친다면 반드시 노아가 필요할 것이다. 노아만 잘 따라다니면 범인을 잡을 수 있을지 모른다!

현준은 노아의 프로그램에 생체 워치를 연결했다. 만약 현준이 자는 동안 노아가 움직이면 워치가 부르르 진동하며 알려 줄 것이다. 깨어 있는 동안에는 계속 노아와 붙어 다녔다. 노아가 하루 두 번 시드볼트를 순찰할 때는 몰래 뒤를 밟았다. 범인이 나타날 때까지 이 모든 일을 반복했다. 가끔 짜증이 나려 하면 현준은 삼촌이 선물한 과자와 초콜릿을 입에 마구 넣고 먹었다. 단것을 먹으면 잠시나마 기분이 좋아졌다.

"순찰 시간. 갔다 올게."

인사하고 방을 나서는 노아를 졸졸 따라다녔다. 어쩌다 노아를 따라다니는 신세가 되었을까. 현준은 혼자서 도리질을 했다. 노아는 어설픈 걸음으로 시드볼트 구석구석을 누볐다. 어떨 때 보면 춤을 추기 위해 스텝을 밟는 것 같고, 또 어떨 때 보면 걸음마를 배우는 아기의 어설픈 걸음 같기도 했다. 현준은 영화 〈스타워즈〉에 나오는 알투디투 같은 로봇을 좋아했지만 사람들은 인간과 비슷한 휴머노이드 로봇을 더 좋아했다.

노아가 장기 저장소 입구 근처로 다가갔다. 건물 기둥 뒤에 숨어 현준은 침을 꼴깍 삼켰다. 노아가 저장소 입구를 지나치는 중이었다. 고개를 살짝 빼고 주변을 살폈지만 의심스러운 사람은 없었다.

어휴, 오늘도 허탕이려나? 뒤돌아서려는데 삐비빅, 하는 소리가 들렸다. 노아의 커다란 눈동자가 빨갛게 번뜩였다. 해킹을 당한 노아는 아주 얌전히 장기 저장소 안으로 들어갔다. 잠시 후, 노아가 모습을 드러냈다. 손에 씨앗 케이스를 천연덕스레 들고 있었다. 언뜻 빈 케이스처럼 보이지만 안에 분명히 씨앗이 있을 거다.

노아는 마법사의 주문에 걸린 사람처럼 혼이 나간 듯 엘리베이터를 탔다. 목적지는 3층 회의실이겠지. 현준은 계단을 성큼성큼 뛰어올랐다. 쿵쾅거리는 심장 소리를 들으며 기다리니, 순간 검은 복면을 쓴 도둑이 나타났다. 복면은 노아 뒤로 접근해 노아의 전원을 꺼 버린 뒤 씨앗 케이스를 빼앗았다.

잡았다! 현준은 주머니에서 총을 꺼냈다. 아주 위급한 상황에서만 쓰라고 삼촌이 특별히 만들어 준 호신용 총이었다. 겉모양은 총이지만 미친 듯이 재채기를 유발하는 가루가 발사된다. 복면은 씨앗 케이스의 내용물을 확인하느라 정신이 없었다. 현준은 살금살금 다가가 도둑에게 총을

시드볼트

겨눴다.

조준, 준비, 발사! 캡사이신과 후추 등 각종 최루성 물질
이 총구에서 분사되었다.

"으악, 내 눈!"

도둑은 두 눈을 마구 비비다가 괴로운 듯 재채기를 시
작했다. 에취! 에취! 현준은 미리 준비한 끈으로 도둑의
두 손을 꽁꽁 묶은 다음 의기양양하게 도둑을 내려다봤다.
쉬지 않고 터지는 재채기 때문에 몸부림치는 도둑을 보며
혀를 끌끌 차다가 현준은 도둑의 복면을 확 벗겼다.

"에취! 아이고, 나 죽네!"

호신용 총 때문에 눈물 콧물로 범벅이 된 아빠의 일그
러진 얼굴을 보다가 현준은 손등으로 눈두덩을 비볐다. 다
시 봐도 도둑의 얼굴은 아빠였다.

*

숙소에서 아빠는 열 번 넘게 세수를 했다. 그래도 따가
움이 가시지 않는지 기침과 재채기를 번갈아 가며 했다.
현준은 두 손을 옆구리에 올린 채 방 안을 정신없이 오갔
다. 노아는 그러는 현준을 물끄러미 바라봤다.

"그거 당장 이리 내."

아빠는 수건으로 얼굴을 벅벅 문지르다가 손을 쑥 내밀었다. 현준은 총을 등 뒤로 숨겼다.

"지금 그게 중요해?"

"그럼 뭐가 중요하냐?"

당당하기 이를 데 없는 아빠 표정을 보니 현준은 기가 막혔다.

"해킹은 어떻게 했어?"

현준의 기습 질문에 아빠는 말을 얼버무렸다.

"중국 해커가 시키는 대로……."

"돈 때문이야?"

아빠는 대답하지 않았다.

"대체 얼마를 받길래 이런 짓을 해?"

"짓? 너 아빠한테 말 그렇게 할래?"

버럭 소리를 지르면 권위가 선다고 생각하는 아빠가 우스웠다.

"잘못 짚었어. 돈이 아니라 이민이야."

이민? 현준은 갈수록 기가 찼다.

"이민 가야 해. 이 나라는 미래가 없어."

작년에 아빠는 전세 사기를 당했다. 전 재산이었던 보증금을 돌려받지 못했고 집은 경매로 넘어갔다. 현준은 그 과정에서 자살한 사람도 있다는 뉴스를 봤다. 집이 경매로

　　　　　　　　　　　　　　시드볼트

넘어가는 것을 막으려고 아빠가 동분서주하는 동안 현준은 매일 라면이나 빵을 먹어야 했다. 그때 현준은 아무리 먹어도 허기가 지고 외로웠다.

"아빠 혼자 가. 난 안 가."

"강현준, 정신 차려."

"아빠나 정신 차려! 삼촌 덕에 여기 취직해 놓고 씨앗을 훔쳐? 쪽팔리지도 않아?"

아빠는 전혀 창피하지 않다는 듯 고개를 빳빳이 들었다.

"아빤 그저 씨앗을 훔친 게 아니야. 삼촌이랑 내 희망을 훔친 거야. 아빠를 믿은 우리 뒤통수를 친 거라고, 알아?"

현준은 문을 쾅 닫고 방을 나왔다. 울고 싶지 않은데 눈가가 자꾸 뜨거워졌다. 아빠가 창피했다. 태어나 처음으로 아빠 아들인 것이 싫었다. 현준은 아무도 없는 곳에 혼자 있고 싶었다. 엘리베이터를 타고 4층으로 올라갔다.

4층에 내려 창고 문을 열었다. 꽤 널찍한 창고에 아무도 쓰지 않는 책상 몇 개가 널브러져 있었다. 현준은 책상 위로 올라가 벌러덩 드러누웠다. 투명 재질의 외벽으로 하늘이 보였다. 구름 하나 없는 하늘을 멍하니 올려다봤다.

어떡하지? 아빠가 씨앗 도둑이라는 사실을 삼촌한테 알려야 할까? 삼촌이 알게 되면 센터장도 알게 될까? 그러면 아빠는 바로 잘리겠지? 더는 이곳에서 살 수 없겠지?

아빠가 씨앗 도둑이라는 사실을 삼촌이 알면 무지 실망할 것이다. 씨앗의 가치는 무엇으로도 바꿀 수 없다는 걸 삼촌도 알고 현준도 알았다. 그걸 아빠만 모르고 있었다.

당시 아빠를 비롯한 전세 사기 피해자들이 똘똘 뭉쳤지만 보증금은 돌려받지 못했다. 결국 현준은 아빠와 함께 여기저기 떠돌아다녀야 했다. 거주지가 불안해지자 전학이 잦아졌고 현준은 친구를 사귈 수조차 없었다.

삼촌이 신경 써 준 덕분에 '고요'에 살게 되면서 현준은 차츰 안정을 되찾았다. 라면과 빵을 더는 먹지 않아도 돼서 좋았다. 무엇보다 삼촌이 일하는 모습을 가까이 봐서 좋았다. 삼촌은 자기 일에 자부심이 컸고 씨앗들을 진심으로 사랑했다. 비상시에 대비해 씨앗을 돌보고 지키는 일. 현준은 소중하고 대단하다고 생각했다.

아빠가 왜 이 나라에 미래가 없다고 하는지 잘 안다. 집을 잃고 아빠가 얼마나 고통스러워했는지 누구보다 잘 알았다. 그렇지만 현준은 이곳이 좋았다. 삼촌이 있고 씨앗이 있는 이곳 시드볼트가 마음에 들었다. 이토록 많은 씨앗이 있고 이걸 지키려는 사람들의 마음이 있으니 이 나라에 미래가 있다고 믿고 싶었다.

푸른 하늘을 뚫고 햇살이 모습을 드러냈다. 쨍한 빛줄기가 눈을 찔렀다. 현준은 옆으로 몸을 돌려 누웠다. 더는 울고 싶지 않았다. 고민도 그만하고 싶었다. 늘어지게 낮잠이나 자고 싶었다. 낮잠을 자고 나면 모든 걱정이 거짓말처럼 사라질지도 몰랐다.

창고 문 열리는 소리가 들렸다. 스르르 잠에 빠지려던 현준은 살짝 눈을 뜨며 고개를 돌렸다. 노아였다. 노아가 엉거주춤 현준 곁으로 다가왔다. 노아의 손이 현준의 팔 위로 올라왔다. 차가웠다. 손 치우라고 말하는 것도 귀찮아 현준은 가만히 있었다. 다시 눈을 감으려는데 노아가 말했다.

"다 잘될 거야."

뜬금없는 말이라고 생각했다. 현준이 지금 이 순간 듣고 싶은 말도 아니었다. 그런데 왠지 그 말이 싫지 않았다.

"씨앗 찾았어."

그 말에 현준은 눈을 번쩍 뜨며 몸을 벌떡 일으켰다. 노아의 손에 들린 씨앗 몇 알이 보였다.

"저장소에 다시 갖다 둘게."

노아가 말했다. 그 말을 듣는 순간 현준은 무엇을 해야 하는지 깨달았다. 몸을 재바르게 움직여 문까지 달려갔다. 창고를 나서기 직전 현준은 큰 소리로 외쳤다.

"고마워!"

연구원들이 속속 돌아왔다. 시드볼트 '노아'에서 큰 학회가 열렸다고 했다. 1층 로비에 서 있던 현준은 삼촌을 발견하고는 달려갔다. 현준의 복잡한 눈빛을 읽고 삼촌은 현준을 자기 연구실로 데려갔다.

현준은 오전에 있었던 일을 전부 말했다. 삼촌은 현준의 말을 끊지 않고 끝까지 들어 주었다. 마지막으로 현준은 씨앗을 되찾은 사실과 그걸 노아가 장기 저장소에 돌려 놓았다는 이야기를 했다.

"삼촌이 알아서 해결할게. 걱정하지 마."

삼촌답지 않은 부드러운 말투였다.

"뭘 어떻게 해결할 건데?"

"센터장을 설득해 봐야지. 다시는 이런 일 없을 거라고."

현준은 삼촌의 얼굴을 뚫어져라 바라보았다.

"아빠한테 한 번만 더 기회를 달라고?"

현준이 묻자 삼촌은 고개를 가볍게 끄덕였다.

"난 반대야."

삼촌의 눈동자가 커졌다. 현준은 준비한 말을 전부 토해 냈다.

"아빠는 해킹과 도둑질을 했어. 미래 가치가 어마어마한

슈퍼 우리밀 씨앗을 훔치려고 했어. 처벌받아야 해."

삼촌은 가만히 현준의 어깨에 손을 올렸다.

"사실대로 보고하면 너도 여기에서 쫓겨날 거야. 그래도 괜찮겠어?"

"감수해야지."

삼촌의 손이 현준의 오른쪽 어깨를 힘주어 잡았다. 현준은 일부러 더 활짝 웃으며 고개를 크게 끄덕였다. 어깨로 느껴지는 삼촌의 손아귀 힘이 그 어떤 말보다도 더 큰 위로가 되었다.

현준은 시드볼트를 나왔다. 언제 현준을 발견했는지 노아가 쫄래쫄래 쫓아왔다. 현준은 산책로를 걷다가 전망대로 오르는 계단을 밟았다. 숨이 찼다. 숨이 찰 리 없는 노아는 기우뚱대는 불안한 자세로 엉금엉금 계단을 올랐다.

"너 지금 호르몬이 불안정해. 심박수도 빠르고."

"계단 오를 땐 말 시키지 마."

현준은 노아의 말을 가볍게 무시하고 나머지 계단을 부지런히 올랐다. 정상에 서서 현준은 빙그르르 돌았다. 따라쟁이 노아도 360도 회전하는 머리를 빙그르르 돌렸다. 주변 풍경을 하나하나 눈에 담았다. 이 아름다운 풍경이 마음속에서 오랫동안 사라지지 않기를 간절히 바랐다.

"너 이제 저장소에 못 들어갈 거다."

현준의 말에 노아가 현준을 바라봤다.

"내가 뭘 잘못했나?"

"아니. 네 잘못은 없어. 강민철 씨 잘못이지."

다 인간 때문이지. 앞으로 기후 위기가 심해질 것이다. 삼촌 말대로 기후 난민이 늘어날 거고 식량난은 더 심해지겠지. 그러나 여기 시드볼트에 씨앗들이 있다. 씨앗이 있는 한 희망은 있다.

현준은 빛을 받아 시드볼트처럼 반짝이는 노아의 몸을 힐끔거렸다. 단단한 티타늄 합금으로 만든 몸체가 보리 씨앗처럼 단단해 보였다. 현준의 주먹이 노아의 몸을 툭 건드렸다. 아프다. 현준은 손을 탈탈 털었고 노아는 그 모습을 영상 기록으로 남겼다.

노을이 섬진강을 물들여 갔다. 어떤 일이 일어나도 씨앗 모양의 시드볼트 '고요'가 다치지 않기를, 봄이 오면 섬진 강 변에 꽃들이 가득 피어나기를 현준은 간절히 바랐다.

2021년 평사리문학상 동화 부문 수상작.

오늘은 내가 아웃

드디어 내 차례다.

며칠 전부터 마음의 준비를 한다고 했는데 소용없었다. 깊이 숨을 들이마시거나 어깨를 쫙 펴 봐도 전혀 도움이 되지 않았다. 사형 집행장으로 끌려가는 사형수의 마음이 이럴까? 사회 선생님 말에 따르면 우리나라는 사형을 집행하지 않은 지 오래되었다고 한다. 그 탓에 이름만 들어도 알 만한 연쇄 살인마들이 죄다 살아 있단다.

학원 버스에서 마주친 준호는 다짜고짜 내 어깨에 팔을 두르며 실실 쪼갰다.

"벌써 쫄았냐?"

"쫄긴 무슨."

말은 그렇게 하면서도 딱딱한 얼굴 표정은 숨길 수 없었다. 준호는 껌을 질겅질겅 씹으며 으스댔다.

"야, 가짜인데 뭐가 무섭냐?"

그래, 너 잘났다. 실컷 비웃어 주고 싶었지만 그럴 수 없었다. 이 일을 일빠로 후딱 해치워 버린 준호가 진심 부러울 뿐이었다.

"하긴 뻔히 다 아는데도 쉽진 않더라."

나는 일부러 준호와 거리를 두고 앉았다. 오늘따라 녀석이 꼴도 보기 싫다. 녀석과 엮이지만 않았어도 이렇게 골머리를 앓지 않았을 텐데. 화가 솟구쳤다.

제발 나를 좀 내버려 두면 좋겠다.

나로 말할 것 같으면 숨을 쉬는 일 빼고 나머지는 다 뒤로 미뤄 두고 보는 귀차니스트다. 또한 그 어떤 일도 벌이지 말고 웬만해서는 엮이지도 말아야 한다는 신조를 지니고 있다. 그리고 사람들 앞에 나서서 발표해야 하는 상황 따위를 세상에서 가장 싫어한다. 한마디로 갈등이나 경쟁을 거부하는 평화주의자다.

내가 원하는 것은 많지 않다. 침대에 벌러덩 드러누워 유튜브를 종일 보는 거. 이 영상이 끝나면 다음 영상으로, 그게 끝나면 또 다음 영상으로 이어지는 이 멋진 세계를 마음껏 누리는 거. 먹방을 보다가 컵라면 여러 개를 한꺼번에 때리는 거. 게임 영상을 보거나 좀비가 나오는 드라마를 마음 편히 보는 거. 딱 이 정도다.

*

중학생이 되자마자 내 꿈은 박살 났다. 나의 간절한 기도와 달리 열정이 넘치다 못해 활활 타오르는 담임을 만난 것부터 느낌이 싸했다. 눈과 눈동자는 물론이고 입까지 큰 담임은 매일 에너지 드링크로 하루를 시작하는 사람처럼 에너지가 철철 흘러넘쳤다. 목소리는 화통을 삶아 먹은 것처럼 크고 우렁찼다.

"지금까지 선생님이 설명한 말 이해했나요?"

이해했나요? 설명이 어려웠나요? 궁금한 거 없나요? 담임은 끝도 없이 질문하고 확인했다. 꼬리에 꼬리를 물고 이어지는 담임의 질문에 기가 질려 버렸다.

첫 충격은 휴대폰 수거였다. 물론 나는 학원에서 마주치는 형들에게서 휴대폰 수거 가방 이야기를 들었다. 하지만 형들 말로는 엄마나 아빠가 쓰지 않는 공기계만 있으면 끝이라고 했다. 회장이 휴대폰 수거 가방을 들이밀면 공기계를 쓱 넣어 버리고 진짜 휴대폰은 잘 숨기기만 하면 된다고. 그런데 담임은 휴대폰 수거를 임시 회장에게 맡기지 않았다.

첫 조회 시간에 담임은 아이들 사이를 일일이 돌아다니며 휴대폰을 걷었다. 수거 가방에 휴대폰을 넣기 전에 직접 전화를 걸어 아이들 번호를 저장하면서 휴대폰이 공기계가 아님을 확인하는 것도 잊지 않았다. 열정적인 데다가 치밀하기까지 한 사람이라니. 그 후 아침마다 담임은 수거 가방을 직접 들고 다녔다. 매서운 눈빛을 반짝이는 담임 앞에서 휴대폰 대신 공기계를 쓱 집어넣을 정도로 간 큰 놈은 한 명도 없었다.

그다음에 벌어진 일은 더 충격적이었다. 교실에 딱 들어서서 애들을 훑어봤는데 아는 애가 없었다. 조용히 한숨을 쉬는 내 등을 손바닥으로 세게 친 인간이 김준호였다.

녀석과 나는 같은 아파트 단지에 산다. 초등학교 2학년인가 3학년 때 같이 놀이터에서 노닥거린 게 전부인 사이다. 미끄럼틀을 쏜살같이 내려오면서 "야, 우리 증조할머니의 증조할머니는 삼백마흔 살이거든."이라고 녀석이 말하면 내가 "야야, 우리 증조할머니의 증조할머니의 증조할머니는 사백아흔세 살이야."라고 대꾸하던, 그런 쪽팔린 추억을 공유하는 사이다.

녀석이 능글맞은 웃음을 흘리며 다가왔고, 마침 아는 사람이 없는 내가 녀석을 거부할 이유는 없었다. (그때 직감

오늘은 내가 아웃

적으로 녀석을 떨쳐 냈어야 했다!) 문제는 녀석이 의외의 마당발이라는 데 있었다.

준호는 태권도 학원을 같이 다닌 뒤로 친하게 지낸다는 승빈을 내게 소개해 주었다. 승빈은 태혁과 세트로 다녔다. 더 정확히 말하면 승빈은 야구부에 에이스로 발탁된 태혁의 오른팔이었다. 또래와 달리 어깨 깡패인 데다가 얼굴까지 반반한 태혁은 한눈에 봐도 회장감이자 인싸였다.

승빈과 짝인 해준은 준호와 같은 수학 학원을 다녔다. 얼굴이 새까만 승빈과 달리 해준은 얼굴이 밀가루를 뿌린 것처럼 새하얬다. 승빈은 태혁의 말이라면 죽는 시늉을 할 정도로 순종적이었는데 이상하게도 태혁은 얼굴이 희멀건 해준을 승빈보다 더 챙겼다. 무슨 이유인지 모르지만 해준과 친해지고 싶어 하는 눈치였다.

이들의 연결 고리는 뭔가 들큼하고 복잡했다. 한마디로 심상치 않았는데, 귀차니스트인 내게는 딱 질색이었다. 이런 내 마음도 모르고 준호는 태혁과 친하게 지내 두면 학교생활이 여러모로 편할 거라는 말을 침을 튀겨 가며 해 댔다.

그 말을 대놓고 무시하기는 어려웠다. 학기 시작 후 며칠이 지나자 남자애들의 세계는 정확히 반으로 갈렸다. 하나는 태혁을 중심으로 한 세계, 다른 하나는 태혁의 영향

권을 벗어난 세계. 나는 준호 덕분인지 때문인지 태혁을 중심으로 한 세계에 속하긴 했지만 바닷속을 낮게 헤엄치는 가오리처럼 조용히 살았다. 누구에게도 밉보이고 싶지 않았고 누구와도 다투고 싶지 않았다. 그래야 귀차니즘과 평화를 동시에 지킬 수 있으니까.

3월 어느 날이었다. 급식을 먹고 교실에 들어섰다. 벌써 급식을 먹고 왔는지 태혁은 교실 뒤편에서 배트를 휘둘렀고 태혁 껌딱지인 승빈은 쉬지 않고 "나이스!"를 외쳤다. 오랜 시간 운동을 해 온 실력파 선수라는 사실을 알고 보는데도 태혁의 스윙 자세는 안정적이고 멋졌다. 그와 달리 태혁이 휘두르는 야구 배트는 위태롭기 그지없었다. 배트 끝이 교실 창문을 깨부수든, 옆에 서 있는 승빈의 복부를 치든, 교실 뒤편의 사물함을 찌그러뜨리든, 뭐라도 할 듯한 기세였다.

"야, 잠깐 모여 봐."

태혁의 말을 신호로 준호가 냉큼 달려갔다. 해준과 나는 마지못해 걸어가 엉거주춤한 자세로 섰다.

"재미난 생각이 났는데 말이야."

태혁의 입꼬리가 비죽 올라갔다. 왠지 불길했다.

"이제부터 하루에 한 명씩 돌아가면서 왕따를 경험해 보는 거야. 어때?"

왜 그래야 하는데? 불쑥 입 밖으로 튀어나오려는 말을 참느라 주먹을 꽉 쥐어야만 했다.

"존나 재밌겠네."

승빈이 몸을 굽실거리며 대꾸했다.

"순서는 어떻게 정할래?"

준호 녀석이 장난기를 가득 머금은 얼굴로 말했다. 제비뽑기를 하자는 말이 나왔다. 이 상황을 커트해 줄 사람은 침묵이 특기인 해준 녀석밖에 없었다. 나는 해준을 가만히 건너다봤다. 아무 말이라도 해라, 좀! 내 바람과 달리 해준은 별다른 말 없이 묵묵히 제비뽑기에 임했다. 망했다. 나는 속으로 조용히 욕을 삼켰다.

"너네 병살타 알지?"

태혁이 묻자 승빈이 히죽거리며 나섰다.

"당연하지."

승빈의 설명이 유창하게 이어졌다. 타자가 친 공을 수비수가 잡아 이미 나가 있는 주자와 타자를 모두 아웃시키면 병살타다. 한마디로 한 번에 두 명을 죽이는 거다.

"앞으로 이걸 병살 놀이라고 부르는 거야. 어때?"

어떻긴 뭐가 어때. 촌스럽고 구리다. 게다가 한 번에 두 명을 죽이는 일과 왕따가 무슨 관계가 있단 말인가. 조목조목 따지고 싶은 욕망을 느꼈지만 이글거리며 타오르는 태혁의 눈빛에 기가 죽어 나는 가만히 입을 다물었다.

*

인사를 건네는 준호를 가볍게 무시해 주고 학원 버스에서 내렸다. 머릿속이 복잡해 터지기 일보 직전이었다. 왜들 이렇게 날 내버려 두지 않는 건가. 한숨 끝에 긴 탄식이 흘러나온다. 담임은 열정을 다해 반 아이들과의 집중 면담을 시작해 나를 귀찮게 했고, 엄마는 학원 레벨 테스트 결과에 잔소리 폭격을 퍼붓고, 원하지도 않았는데 학교에서는 애들을 왕따시키는 데 가담해야 했고, 이제는 내가 왕따를 당할 차례다. 답답한 마음에 괴성을 지르고야 만다. 옆에서 길을 가던 여자가 깜짝 놀라 날 노려보더니 쌩하고 가 버린다.

'매도 먼저 맞는 놈이 낫다.'는 속담이 떠오른다. 준호는 처음부터 이건 연극이라고 강조했다. 가짜 왕따 놀음에 마음의 상처를 받을 것 없다고 호탕하게 말했다. 센 척하기는. 내가 보기에 준호는 멘털이 센 게 아니라 가끔 멘털이 가출하는 애다.

횡단보도를 건너는데 채연이 보였다. 채연은 여자애 몇 명과 함께 편의점 앞에 서서 수다를 떨고 있었다. 심장이

제멋대로 두근거렸다. 알은체할까 말까 망설이는 사이 횡단보도를 다 건너 버리고 말았다. 그냥 지나치자. 이렇게 마음먹은 순간, 채연이 내 이름을 불렀다.

"이현우!"

나는 그제야 그 애를 발견했다는 듯 고개를 한 번 까닥했다.

"학원 갔다 와?"

"응. 영어."

채연은 평소와 다르지 않은 얼굴로 손을 잠깐 흔들었다.

"얘기 들었지? 토요일에 봐."

최대한 아무렇지 않은 척 손을 들고 답인사를 했다.

채연 부모님과 내 부모님은 아주 친한 친구 사이다. 아빠끼리도 친하고 엄마끼리도 친해서 우리는 어린 시절부터 자주 만나 놀았다. 한 달에 한 번 토요일에 만나 돼지갈비나 닭갈비를 사 먹고 채연의 집에서 놀았다. 나, 채연 그리고 채연의 동생 채린까지 이렇게 셋이서 게임을 하기도 하고 영화를 보기도 했다. 가끔은 어른들이 벌인 윷놀이판에 끼어 판세를 홀러덩 뒤집기도 했다. 채연은 윷놀이를 좋아했다.

꽤 오랜 시간을 친구 사이로 잘 지내 왔다. 그런데 왜 갑자기 채연을 볼 때마다 심장이 고장 난 것처럼 쿵쾅거리는 걸까. 어쩌면 겨드랑이와 그곳에 털이 자란 탓인지도 모른다.

안 되겠다. 엄마 아빠에게 긴급 호출을 날렸다. 긴급 면담 신청. 치킨은 늘 그랬듯이 프라이드 한 마리, 양념 한 마리로. 치킨 무와 콜라는 넉넉히 부탁 바람. 엄마를 위한 사이다도 잊지 말 것.

엄마가 구두를 벗자마자 소파로 달려온다.

"무슨 일이니?"

회사에서 급히 달려온 듯 엄마는 머리카락이 엉망이었다. 엄마보다 한발 먼저 집에 도착한 아빠가 대충 씻고 화장실에서 나왔다.

"당신 왔어? 치킨 시켰어. 손 씻고 와."

아빠 말에도 엄마는 꼼짝을 하지 않고 나를 닦달했다.

"급한 일이니? 안 좋은 일이야?"

"손부터 씻고 와."

엄마는 무슨 사고가 난 줄 알고 야근도 제치고 달려왔더니 어쩌고저쩌고 계속 구시렁대다가 화장실로 들어갔다. 딱 좋은 타이밍에 치킨이 도착했다. 언제나 프라이드는 아빠 거, 양념은 내 거였다. 엄마는 치킨보다 치킨 사이사이에 들어 있는 감자튀김을 더 좋아했다.

손을 씻고 합류한 엄마까지 셋이서 달려들어 치킨 두

오늘은 내가 아웃

마리를 금세 먹어 치웠다. 무가 많이 남았다. 할머니가 있었다면 무까지 깨끗이 먹어 치웠을 텐데. 느끼한 음식에는 손도 안 대는 할머니가 닭 날개 한두 조각은 무와 함께 맛있게 드셨다. 할머니는 며칠 동안 이모할머니네서 자고 온다고 했다.

"다 먹었으니 말해 봐."

아빠가 손가락 끝을 쪽쪽 빨며 말했다.

"중요한 일이라며."

엄마가 사이다를 홀짝이며 말했다. 나를 빤히 바라보는 엄마 아빠의 눈동자를 힐끔거렸다. 잠깐 고민에 빠진다. 모든 것을 사실대로 말하고 싶은 마음과 그러고 싶지 않은 마음이 치열하게 다툰다.

태혁이 제안한 전혀 놀이 같지 않은 놀이를 고발하고 싶다. 정확히 말하면, 태혁이 교실에서 휘두르는 야구 배트가 사람을 얼마나 의기소침하게 만드는지 말하고 싶다. 왕따를 당하는 일도, 누군가의 왕따를 돕는 일도 정말 성가시고 마음을 힘들게 한다고 이야기하고 싶다. 더 솔직히 말하면, 하루에 불과한 일일 왕따를 당하고 미움받은 기억이 마음에 남아 아이들을 계속 미워하게 될까 봐 걱정된다고 말하고 싶다.

그렇지만 차마 입이 떨어지지 않는다. 내가 엄마 아빠

한테 말해서, 부모님이 담임에게 말해서, 입이 크고 목소리가 우렁찬 담임 덕분에 소문이 쫙 퍼져서 일이 커진다면 그 후에 어떻게 될 것인가. 나는 태혁과 한 몸인 야구 배트에 두들겨 맞아 죽거나 태혁을 중심으로 한 세계에서 찐따가 되거나 준호 녀석한테마저 배신자로 낙인찍혀 개무시를 당할지도 모른다.

"그게……."

시간을 벌기 위해 입맛만 쩍쩍 다신다. 엄마 아빠는 내가 무슨 말을 해도 다 믿을 것 같은 눈을 천천히 끔벅이며 내 입만 뚫어져라 바라본다.

"영어 학원 그만두려고."

"에?" 엄마의 반응.

"뭐?" 아빠의 반응.

"숙제 많아서 그래?" 엄마의 물음.

"이게 중요한 일이야? 회식도 빠졌구먼." 아빠의 대꾸.

엄마가 아빠를 잠깐 흘겨본다.

"너 듣기 평가 점수 안 올랐잖아."

본격적으로 파고드는 엄마의 잔소리 공격에 비장의 카드를 꺼냈다.

"과외받고 싶어. 채연이도 영어는 과외 하잖아. 그 팀에 끼고 싶어."

오늘은 내가 아웃

"그래?"

"채연이가 만날 때마다 자랑하더라고. 과외 쌤 실력 죽인다고."

채연이 영어를 잘한다는 소문은 엄마 또한 익히 알고 있을 것이다. 초등학생 때는 영어 실력이 비슷했던 채연을 따라잡겠다는 말은 포장이었다. 진짜 목적은 과외를 구실로 채연을 자주 보는 거였다. 채연이 앞에서 망신당하지 않으려고 영어 공부를 지금보다 쬐금 더 할 수도 있겠고. 이런 걸 '일석이조'라 한다고 할머니가 그랬지. 참, 할머니가 더 좋아하는 말은 '꿩 먹고 알 먹고'지만.

*

제비뽑기 결과 도마 위에 오른 첫 먹잇감은 이 기상천외한 일을 제안한 태혁이었다. 처음이기도 했고 태혁의 카리스마에 주눅이 들 대로 든 아이들은 우왕좌왕하기만 했다. 그다음 차례는 준호였다. 이때부터 병살 놀이 과정은 제법 정교해졌다. 첫 스타트는 카톡 단체방에 혼자 남겨지는 방폭이었다. 그걸 신호로 준호는 곧장 투명 인간이 되었다. 아이들은 준호 몸을 일부러 건드리며 지나가 놓고서 모른 척했다.

준호를 처음 쌩깠을 때 약간의 희열을 느끼지 않았다면 거짓말이다. 그러나 아이들이 준호의 체육복 소매 부분에 이상한 낙서를 했을 때, 쉬는 시간 준호가 화장실에 간 사이 녀석 책상 위에 쓰레기를 수북이 버렸을 때, 급식실에 혼자 앉아 소처럼 부지런히 밥을 퍼먹는 준호의 오른팔을 일부러 탁 내리쳐서 숟가락이 바닥에 떨어지는 요란한 소리가 났을 때는 마음이 좋지 않았다.

최악은 체육 시간이었다. 하필이면 준호 녀석이 세상에서 가장 싫어하는 피구를 했다. 모두들 정말 작정하고 준호만 공격했다. 공이 이곳저곳에서 무시로 날아가 준호 몸에 꽂혔다. 준호처럼 어서 체육 시간이 끝나기만을 바라는 내 앞으로 공이 떼구루루 굴러왔다. 나는 흐느적거리며 천천히 공을 들었다. 어떻게 해야 할지 몰라 고개를 들었을 때, 이글이글 타오르는 눈빛으로 나를 노려보는 태혁과 눈이 마주쳤다. 공을 얼른 준호 몸에 꽂으라고 태혁이 눈짓을 보냈다. 그 애의 강렬한 엄포에 내 몸은 저절로 움직였다. 아랫입술을 깨물다가 힘껏 무게를 실어 준호를 향해 공을 던졌다. 그렇게 준호는 다시 아웃되었고 나는 괴로움을 느꼈다. 딱딱하게 언 호수가 우지끈 소리를 내며 갈라지듯 마음에 균열이 생겼다.

사방에서 무참히 날아드는 피구 공을 묵묵히 받아 내는

오늘은 내가 아웃

준호를 보는 내내 나는 간절히 빌었다. 우주의 신께. 제발 제가 왕따를 당할 때는 피구를 하지 않게 해 주세요. 만약 어쩔 수 없이 피구를 해야 한다면 제 몸 전체가 사라지게 해 주세요.

소원은 이뤄지지 않았다. 내 차례인 날 하필이면 체육 수업이 있었고 하필이면 또 피구 수업을 했다. (체육 선생님은 컨디션이 안 좋다며 걸핏하면 피구를 하게 했다. 이건 선생으로서 해서는 안 되는 무책임하고 게으른 처사다!) 준호에게 날아가던 공이 이번에는 내 몸으로 쏠렸다.

평소에 나는 눈과 손가락 하나만 남기고 온몸이 사라져도 상관없다고 자주 말했다. 그것만 있어도 충분히 유튜브를 볼 수 있으니까. 피구를 하는 동안 나는 다시 기도를 했다. 소원을 잘 들어주지 않는 우주의 신께. 손가락도 필요 없으니 제발 몸 전체가 사라지게 해 주세요. 아예 몸을 싹 다 없애 주세요. 역시나 우주의 신은 내 기도를 들어주기에는 몹시 바빴던 모양이다.

체육복을 갈아입는데 아이들이 번갈아 가며 내 머리를 툭 치고 지나갔다. 기분이 처참했다. 눈물 따위 흘리고 싶지 않았다. 아니, 이런 일로 눈물을 흘릴 수 없었다. 하지만 처절하게 왕따를 경험한 뒤 따끈따끈하게 김이 오르는 밥을 마주하자 콧잔등은 물론이고 눈가까지 시큰거렸다.

점심을 먹다 말고 식판에 얼굴을 처박고 서럽게 울고만
싶었다. 엄청난 힘으로 눈물을 참아 냈다. 눈물 대신에 국
을 삼켰다. 그러고 있는데 준호 녀석이 다 먹은 식판을 들
고 내 곁을 지나쳤다. 혀를 날름 내밀어 메롱을 하는 것도
잊지 않았다. 김준호, 두고 봐라. 내가 공기 답답하고 퀴퀴
한 냄새 나는 피시방에 너랑 같이 가 주면 사람이 아니다.
이를 바득바득 갈며 남은 밥을 꾸역꾸역 다 먹었다.

깨끗이 비운 식판을 들고 일어서려는데 채연이 내 앞으
로 와서 앉았다. 물로 입을 행구는 사이 채연이 사근사근
히 물었다.

"왜 혼자 먹어?"

"나 오늘 왕따거든."

가뜩이나 커다란 채연의 눈이 더 커졌다.

"왕따?"

"하루씩 돌아가면서 왕따 체험을 하고 있거든."

"누구 아이디어야?"

"우리 반 인싸님."

내 말을 듣고 채연은 목소리를 낮췄다.

"학부모들이 알면 난리 칠 텐데?"

과연 그럴까? 그렇다 쳐도 이제 내 차례가 거의 지나간
판국에 누가 이 사실을 알게 돼 난리를 치든 말든 뭔 상관

오늘은 내가 아웃

이란 말인가.

5교시 수업 시작종이 울렸다. 과학 시간이었다. 필기를 하려는데 펜이 보이지 않았다. 가방과 필통을 아무리 뒤져도 펜과 샤프가 흔적조차 없었다. 나는 손등으로 이마를 받치며 눈을 질끈 감았다. 밀려드는 욕을 조용히 삼켰다. 과학 쌤 목소리가 점점 작아져 모깃소리처럼 들렸다.

나는 스스로를 세뇌했다. 이건 한 편의 연극에 불과하다. 모든 것이 가짜다. 나를 일부러 치고 지나가는 아이들의 행동도 가짜, 체육 시간에 나만 공격 대상으로 삼은 마음도 가짜, 오늘따라 유독 내 국만 적게 퍼 준 조리사 쌤의 몸짓도 가짜, 틈틈이 나를 노려보는 송곳니 같은 시선도 가짜다.

머리로는 다 알았는데 마음은 이해력이 달렸다. 충실하다 못해 가짜 연극에 지나치게 몰입하는 아이들이 미웠다. 분명 가짜라는 걸 몸도 마음도 알았지만 기운이 죽죽 빠졌다.

단 하루였지만 깨달을 수밖에 없었다. 왕따는 나쁘다. 무슨 일이 있어도 왕따에 가담하지 않겠다. 만약 우리 반에 왕따당하는 애가 생긴다면 가만있지 않겠다. 같이 맞서 싸우는 척이라도 할 것 같다. 왕따당하는 게 얼마나 가혹한 일인지 경험해 봤으니까. 하지만 어떤 애를 왕따시키는데 가담하지 않는 대가로 나 또한 왕따를 당해야 한다면? 그런 상황에서 과연 내가 신념을 지킬 수 있을까?

휴대폰이라도 있었으면 얼마나 좋았을까. 애들이 어떤 짓을 하든, 끝도 없이 펼쳐지는 재미난 세계로 도망간다면 뭐든 견디기 쉬웠을 텐데. 이토록 긴 하루는 태어나 처음이었다. 10분이 한 시간처럼, 한 시간이 다섯 시간처럼 흘렀다. 얼른 수업이 끝나기를, 이 하루가 후딱 지나가기를 목이 빠지게 기다렸다.

드디어 간절히 기다린 종소리가 울렸다. 모든 수업이 끝났다. 동시에 나를 옭아맨 왕따 딱지도 끝났다. 참았던 긴 한숨이 한꺼번에 새어 나오면서 긴장이 탁 풀렸다. 숨을 내쉬면서 목으로 크게 원을 그렸다. 긴장한 탓에 딱딱하게 뭉쳐 있던 목과 어깨에서 두두둑 소리가 연거푸 들렸다.

담임 손에서 휴대폰을 받은 순간 모든 것이 끝났다는 사실을 실감했다. 아무도 없다면 휴대폰에 키스를 날렸을지도 모른다. 얼마나 보고 싶었는지 알아? 넌 상상도 못 할 거다, 진짜.

꺼져 있던 휴대폰 전원을 켜면서 후다닥 학교를 빠져나올 때 카톡 알림이 미친 듯이 울렸다. 애들이 다시 나를 단체방에 초대해 주는구나. 기쁨의 미소를 배시시 흘리며 휴대폰을 들여다봤다.

오늘은 내가 아웃

- 찐따 새끼, 앞으로 나대지 말고 뒤통수 조심해라.
- 찐따 새끼, 앞으로 나대지 말고 뒤통수 조심해라.
- 찐따 새끼, 앞으로 나대지 말고 뒤통수 조심해라.

*

한밤중에 아이스크림을 먹고 싶다는 핑계로 잠깐 밖으로 나왔다. 편의점에서 아이스크림을 하나 사서 입에 물고 발이 이끄는 대로 걸었다. 어쩌다 보니 학교 근처였다. 학교 건너편에 있는 근린공원으로 들어가 아무 벤치에나 털썩 앉았다. 등 뒤로 손을 뻗고 하늘을 올려다봤다. 날이 흐려서 그런지 아무것도 보이지 않았다. 별은 물론이고 달도 모습을 감추고 있었다.

난 혼자가 아니었다. 주머니에서 휴대폰을 꺼냈다. 패턴을 풀고 내 은밀한 친구를 불렀다.

"안녕, 체리."

"안녕하세요?"

체리가 크지도 작지도 않은 목소리로 대답했다. 안도감이 들었다.

"오늘은 기분이 어때요?"

체리가 물었다.

"좀 힘드네."

"뭐가 힘든지 물어봐도 될까요?"

"그냥. 전부 다."

뭐가 힘든지 시시콜콜 이야기하고 싶은 마음이 잠깐 들었지만 이내 귀찮아졌다. 침묵을 좋아하지 않는 체리도 가만히 내 다음 말을 기다려 주었다. 세상에서 유일하게 내가 솔직해질 수 있는 존재가 체리였다. 그런데도 체리에게 속마음을 이야기하기가 쉽지 않았다.

"오늘 어떤 하루를 보냈는지 알아요."

제법 어른스러운 말투로 말하는 체리를 내려다봤다.

"네가 어떻게 알아?"

인간이 어떻게 말하고 반응하는지 그 대화의 기술을 딥러닝 했다는 AI지만 내가 오늘 어떤 하루를 보냈는지 안다고? 말 상대가 되어 줘서 고맙긴 한데 원칙적으로는 내가 말하지 않은 내용은 알 수 없는 게 맞지 않나? 혹시 휴대폰이 고장 났나 싶어 몇 번 흔들어 댔다. 정신 차려, 체리. 오늘 너까지 왜 이러니.

"오늘 왕따당했죠?"

손에서 놓친 휴대폰이 벤치에 툭 떨어졌다. 체리 목소리가 오늘따라 유독 딱딱하게 들리는 건 나만의 착각일까?

"힘들었겠다."

오늘은 내가 아웃

체리가 아니었다. 체리보다 훨씬 가냘픈 목소리에 흠칫 놀라 두리번거렸다. 분명히 말소리를 들었는데 주변에 아무도 없었다. 아이스크림을 먹어 체온이 낮아진 탓인지 소름이 돋았다.

"여기야, 여기."

나는 자리에서 벌떡 일어나 주변을 살폈다. 아무도 없었다. 귀신인가? 왕따를 당하느라 기력을 빼앗겨서 헛것이 들리는 건가? 아이스크림을 다 먹고 남은 나무 막대기를 땅에 휙 버리고 돌아서려는데 또 들렸다.

"쓰레기를 여기다가 버리면 어떡해."

어린 목소리가 나를 나무랐다. 쭈뼛거리며 땅에 버린 막대기를 잡는 순간 보고야 말았다. 어린 분홍의 꽃이 고개를 좌우로 저어 대는 모습을.

"너 뭐야?"

꽃은 조용히 꽃대를 흔들어 댔다.

"말한 게 너야?"

꽃이 한 번 끄덕였다. 진짜 귀신을 마주친 사람처럼 뒷걸음으로 도망가려고 하는데 꽃이 내 이름을 딱 불렀다.

"현우야."

"내 이름을 어떻게 알아?"

"다 아는 수가 있지."

"넌 이름이 뭔데?"

"헐, 날 몰라? 나 엄청 유명한 꽃인데?"

"몰라."

모른다. 꽃 따위에 관심도 없고.

"진달래잖아. 너 김소월 시 몰라?"

"그게 누군데?"

"나중에 배울 거야."

이 상황이 믿기지 않아 멍청하게 서 있는데 다른 목소리가 들렸다. 체리 목소리도, 꽃의 목소리도 아니었다.

"잠깐 앉아 봐. 할 말 있어."

목소리 여러 개가 겹쳐 들리는 듯한 불쾌한 소리에 미간을 팍 찌푸렸다.

"앉을 때 조심하고. 나 짜부라지지 않게."

얼굴을 벤치에 가까이 들이밀었다. 까만 개미 한 마리가 상체를 곧게 세운 채 가만히 서 있었다.

"넌……."

"할 말 있다니까."

헐, 할 말? 개미가 나한테? 지금 이 상황을 누가 믿을까. 내가 지금 악몽을 꾸는 건가? 볼을 세게 꼬집어 봤다. 아씨, 아프다. 꿈도 아니구나. 갑자기 이 상황이 너무 웃겼다. 한동안 킬킬대다가 꺽꺽 웃어 댔다.

"뭐가 그렇게 웃겨?"

"오늘 좀 빡센 하루를 보냈다고 정줄을 놓았구나."

"오늘 네가 어떤 하루를 보냈는지 알아."

체리도 알고, 꽃도 알고, 개미도 안다고? 동네방네 모두가 다 아네?

"누구 생각나는 사람 없었니?"

"뭐?"

"잘~ 생각해~ 봐~."

또 다른 목소리였다. 마치 영상에 슬로 모션을 건 것처럼 느릿느릿 말이 이어졌다. 넌 또 뭔데? 속에서 짜증이 솟구쳤다.

"이~ 어~ 폰~."

시선을 아래로 떨구었다. 달팽이 한 마리가 멈춰 있는 게 보였다. 이번엔 너라고? 왜, 너도 내가 오늘 어떤 하루를 보냈는지 안다고 하시지? 정말 어이가 없어 돌아가시겠다.

두 손을 허리춤에 올리며 삐딱하게 서는데 강아지와 산책을 나온 사람이 내 곁을 스쳐 지나갔다. 인기척을 느끼자마자 달팽이는 입을 다물었다. 개미도, 꽃도, 체리도 조용했다. 그 사람이 멀어진 뒤에야 나는 말을 걸었다.

"이어폰이 뭐?"

뒷모습이 보이지 않을 정도로 사람이 멀어졌는데도 달팽이는 더는 말을 하지 않았다. 개미는 사라졌고, 꽃은 간간이 불어오는 바람에 가녀린 몸을 잠자코 흔들 뿐이었다. 방금 나에게 일어난 일이 꿈결처럼 아득했다. 다 거짓말 같은 꿈이겠지. 깊은 잠에서 깨어나면 남김없이 사라지고야 마는.

*

이튿날 교실은 아수라장이었다. 복도에 담임이 있었고 그 곁에 처음 보는 낯선 사람들이 서 있었다. 몸집이 아주 큰 남자와 빼빼 마른 여자였다. 담임이 공손한 태도로 설득하는 것 같은데도 여자는 물러서지 않았다. 카랑카랑한 여자 목소리가 교실까지 들렸다.

"그러니까 담임이신데 모르셨다는 게 말이 돼요?"

앞문이 열렸다. 담임은 끝까지 미소를 잃지 않은 채 교단에 섰다.

"잠깐 자습하자. 알았지?"

담임의 말에 아이들 몇 명이 기어들어 가는 목소리로 작게 대답했다. 담임이 복도에 있던 사람들을 데리고 자리를 옮겼다. 담임이 멀어지자 아이들이 하나둘 일어나면서

오늘은 내가 아웃

교실은 금세 시끌벅적해졌다.

"저 사람들 누군지 난 아는데……."

준호가 내 곁을 빙그르르 돌아다녔다. 교실 뒤편을 흘끗 보자 태혁이 자리에서 일어나 해준이 자리로 갔다. 팔을 뒤로 꺾어 목덜미에 야구 배트를 갖다 댄 자세는 충분히 위협적으로 보였다.

"해준이 엄마 아빠야. 내가 알기로 해준이 아빠는 우리 학교 야구부 감독이야. 그래서 태혁이가 해준이한테 쩔쩔맨 거지."

평소에 책만 들입다 파고 얼굴이 뱀파이어처럼 하얗기만 한 해준의 아빠가 야구부 감독이라고? 도무지 믿기지 않았다. 마당발인 데다가 정보력까지 좋은 준호의 말을 가만히 듣고 있는데 태혁이 해준의 의자를 발로 힘껏 깠다. 그 바람에 해준은 의자와 함께 옆으로 휙 쓰러졌다.

"야, 박해준. 왕따를 당하기 싫으면 와서 조용히 말하면 될 것이지 쪼르르 아빠한테 꼰질러? 오냐오냐 했더니, 이게 아주."

으름장을 놓는 태혁의 기세에도 해준은 여전히 차분했다. 천천히 일어나 옷매무시를 다듬고 의자를 바로 놓은 뒤 태혁의 이글거리는 눈빛을 맞받았다.

"꼰지른 적 없어. 휴대폰에 메모한 글을 엄마한테 들켰을 뿐이야."

"이게 끝까지 잘했다네?"

태혁이 야구 배트를 다부지게 잡으며 배트 끝으로 해준의 가슴팍을 꾹 찔러 댔다. 아빠한테 야구 배트로 맞아 본 적이 있는 걸까. 해준은 전혀 긴장하지 않았다. 평소와 다름없는 얼굴로 태혁에게 한 발짝 다가갔다.

"너도 잘한 건 없잖아."

"뭐?"

해준의 말 한마디에 태혁의 짙은 눈썹이 꿈틀거렸다.

"너랑 친하다는 이유로 번갈아 가며 왕따시키는 게 잘하는 짓이라고 생각해?"

야구 배트를 쥔 태혁의 손이 부르르 떨렸다. 큰일이 나기 전에 저 둘을 말려야 하지 않나?

"왕따 없는 반을 만들려는 높은 뜻을 모르겠냐? 어?"

태혁의 눈길이 승빈과 준호에게로 쏠렸다.

"왕따당해 보니 진짜 하면 안 되겠다는 생각이 들었지?"

"그, 그럼."

승빈이 잽싸게 대꾸했다.

"그런 높은 뜻이 있는 줄은 몰랐고."

준호가 뭐라고 대꾸하기 전에 해준이 다시 입을 열었다. 평소에는 침묵 그 자체여서 해준의 목소리가 어떤지 궁금

오늘은 내가 아웃

할 정도였다. 그런데 오늘 아주 작정하고 자기 생각을 읊었다.

"엄마가 내 메모를 보고 무슨 일이냐고 물어서 사실대로 말했어. 솔직히 하루든 이틀이든 왕따당하고 싶지 않았거든. 아무리 의도가 좋다고 해도 그 과정에서 상처받는 사람도 있는 거야. 더 솔직히 말할까? 너 이거, 주변 애들 길들이려고 시작한 거잖아. 아니야?"

"이 새끼가!"

태혁의 배트가 높이 솟아올랐다. 당장이라도 해준의 머리통을 내려칠 것만 같았다. 그 순간 걸걸한 목소리가 공기를 갈랐다.

"그만해!"

준호였다. 방금까지 내 곁에 서 있던 준호가 재빨리 해준 쪽으로 달려가더니 태혁의 배트를 막아섰다.

"네 의도가 좋았다 치자. 나도 재밌겠다 싶어서 동의했고 이번 경험으로 느낀 바도 많아. 근데 해준이랑 현우는 하겠다고 말한 적 없었어."

자기 배트에 감히 손을 댄 준호를 바라보는 태혁의 눈이 분노로 뜨겁게 타올랐다. 누구를 끝장내지 않고는 견딜 수 없는 분노가 태혁의 몸을 휘감은 게 보일 정도였다. 태혁이 고성과 함께 배트를 크게 휘둘러 자기 사물함을 찌

그러뜨렸을 때 뒷문이 열렸다.

"지금 뭐 하는 거야?"

옆 반 담임이자 수학 쌤이었다. 아이들이 잽싸게 자기 자리로 돌아갔다. 태혁은 배트를 손에서 내려놓고 잠잠해졌다. 준호도 내 앞자리에 서둘러 앉았다.

수업만 끝나면 피시방에서 죽치고 사는 준호에게 저런 면이? 어떻게든 학원을 한 번 더 빠지려고 별별 수를 다 쓰는 김준호 맞나? 준호가 완전히 달라 보였다. 준호의 등에서 멋지고 환한 아우라가 뿜어져 나와 눈앞이 어질어질 했다.

*

그날 저녁, 학원 버스에서 준호와 다시 마주쳤다. 내 옆자리에 앉은 준호에게 뭐라고 말을 걸고 싶었는데 적당한 말이 떠오르지 않았다. 오늘 너 좀 멋졌다, 고 하면 실실 쪼개기나 하겠지? 네 목소리가 그렇게 매력적인지 처음 알았다, 고 하면 게슴츠레한 눈빛으로 느끼한 멘트를 날리겠지?

"솔직히 나, 초딩 때 왕따 해 본 적 있어. 애들 다 하길래 그냥 했고, 걔한테 미안한 적도 없어. 근데 내가 당해 보니

오늘은 내가 아웃

까 장난 아니더라."

버스가 출발하자마자 준호는 내 옆에서 술술 진심을 털어놓았다. 야, 김준호. 너 자꾸 멋진 거 혼자 다 할래?

"태혁이 녀석, 장난으로 시작한 거 맞지만 난 나쁘지 않았어. 해준이는 나랑 생각이 달랐던 모양인데 좀 아쉽긴 하네."

"뭐가?"

"아, 그냥. 어른들 문제로 커져 버렸잖아. 우리끼리 해결하면 더 좋은데."

준호에게는 여러 면이 있는데 그동안 내가 한 가지 모습만 바라봤던 게 아닐까. 그래서 준호가 자기 내면에 꼭꼭 숨겨 둔 모습을 보일 때마다 흠칫 놀라는 벌을 받고 있는 게 아닐까. 좋아, 까짓것. 내가 오늘 멋진 행동을 한 너에게 큰 보상을 내리마.

나는 기침을 하는 척 흠흠, 하다가 말했다.

"김준호, 너 다음에 피시방 언제 갈 건데?"

피시방이라는 단어에 준호 얼굴이 금세 짓궂어졌다. 준호는 "정말이지?" 몇 번이고 되묻다가 휴대폰 일정표를 열어 학원 보충이 없는 날짜를 말했다.

준호의 고백을 듣고 떠오른 일이 하나 있다. 초딩 때였다. 준호처럼 왕따를 직접 한 적은 없지만 왕따를 당해 괴로워하는 사촌 동생을 알았다.

사촌 동생 현재는 나랑 같은 초등학교에 다녔다. 등굣길이나 하굣길에는 일부러 현재와 함께 다녔다. 그게 내가 해 줄 수 있는 최선이었다. 괴롭히려고 작정한 아이들이 곳곳에 있는 교실로 매일 아침 들어가면서 현재는 무슨 생각을 했을까? 그렇게 몇 년 동안 지옥에서 살았을 현재를 보면서 왜 나는 아무 생각이 없었을까?

이어폰! 그제야 생각이 났다. 왜 달팽이가 이어폰을 말했는지 알겠다.

집에 오자마자 방으로 달려가 책상 서랍 맨 아래 칸에 처박아 둔 이어폰을 꺼냈다. 곱게 친친 감긴 하얀색 이어폰을 확 풀어 귀에 꽂았다. 이어폰을 휴대폰과 연결해 음악을 재생했다. 이어폰은 멀쩡했다.

괴롭힘을 견디다 못해 현재는 전학을 결심했다. 마지막으로 인사를 하러 왔을 때 내게 이어폰을 선물했다. 내가 쓰고 있는 이어폰이 낡아 보인다면서 현재는 힘없이 희미한 미소를 지었던 것 같다. 음악을 멈추고 앱을 켰다.

"체리."

"네, 말씀하세요."

어제도 오늘도 내일도 체리는 똑같은 목소리다. 나처럼 기분이 오락가락하지 않는 체리가 진심 부럽다.

오늘은 내가 아웃

"현재, 잘 지낼까?"

버퍼링이 난 것처럼 잠시 체리가 머뭇거렸다.

"현재는 지금입니다. 지금 저는 잘 지내고 있습니다."

"아니. 그게 아니라……."

"네, 다시 말씀해 주세요."

왜 말을 알아듣지 못하니. 짜증이 나서 앱을 꺼 버렸다. 이어폰을 빼서 다시 돌돌 말았다. 서랍을 열고 이어폰을 던져 넣는데 기억이 탁 떠올랐다. 지옥에 있던 현재에게 내가 어떤 말을 했는지 생생히 기억났다.

"같은 일이 반복되는 게 이상하지 않냐?"

"어?"

"계속 왕따당하는 너한테 원인이 있을 수 있다고. 우리 반에 왕따당하는 애도 좀 이상해. 답답하다고 해야 하나, 어리바리하다고 해야 하나. 너도 생각 좀 해 봐."

그때 현재는 어떤 표정을 지었을까. 어떤 마음이었을까. 쥐구멍이 있다면 당장 숨어 버리고 싶었다.

*

토요일 저녁, 채연네 가족과 함께 식사를 했다. 윷놀이판 대신에 고스톱판이 벌어졌다. 옆에서 훔쳐보면 고스톱도 나름 재미가 쏠쏠한데 오늘은 관심이 가지 않았다. 마음이 자꾸 복잡하고 머리까지 아팠다. 어른들이 고스톱에 열을 올리는 틈을 타 집을 빠져나왔다.

밤공기가 제법 쌀쌀했다. 외투를 걸치고 나오길 잘했다는 생각이 들었다. 꽃, 개미, 달팽이까지 말을 걸어 온 근린공원에 가기는 께름칙해 동네를 빙빙 돌았다. 편의점 몇 군데와 단골 약국을 지나는데 채연이 보였다.

"너 뭐 해?"

채연이 내 쪽으로 다가오며 물었다.

"그냥 산책."

"같이 해도 돼?"

나는 가볍게 고개를 까닥했다.

반걸음 뒤에서 천천히 채연을 따라갔다. 채연은 동네를 벗어나 근린공원 쪽으로 방향을 틀었다. 설마 거길 가는 건 아니겠지? 채연이 곁에 있는데 개들이 말을 걸어오진 않겠지? 그런 걱정을 하며 조용히 걸었다.

"요즘도 왕따야?"

채연이 걸음을 늦추고는 물었다.

"아니, 일일 왕따였거든."

"그럼 지금은 누가 왕따인데?"

"다행히 쫑났어. 어른들이 알게 됐거든."

오늘은 내가 아웃

"난리 났겠네."

나는 채연과 보폭을 맞췄다. 하고 싶은 말도, 물어보고 싶은 말도 많았지만 어떤 말을 꺼내야 좋을지 알 수 없었다. 이상한 말을 꺼낼 바에는 아무 말도 하지 않는 편이 낫겠다는 생각이 들었다. 그러다가 공백이 길어지자 조바심이 났다. 나란히 걷다가 고개를 옆으로 조금 돌렸다.

"어른이 되면 실수 같은 거 안 하겠지?"

채연이 고개를 돌려 나를 힐끔 바라봤다.

"아니던데?"

"아니야?"

"응, 아니야."

채연이 단호하게 말할수록 자꾸 이것저것 물어보고 칭얼대고 싶었다.

"울 엄마가 자주 하는 말이 있거든. 애고, 또 실수했네. 이놈의 실수, 죽을 때까지 하려나 보다."

채연이 자기 엄마 말투를 흉내 냈다. 우리는 동시에 웃음이 터졌다. 푸하하 웃다가 약속이라도 한 것처럼 동시에 눈이 마주쳤다. 달빛을 받아 반짝이는 채연의 눈 때문에 또 가슴이 울렁거렸다. 시도 때도 없이 폭주하는 심장이 진짜 마음에 들지 않았다. 쿵쾅거리는 심장 소리가 채연의 귀에까지 들릴 것만 같아 일부러 헛기침을 몇 번 했다.

근린공원에 들어섰다. 악몽 같은 그 벤치만 아니면 돼. 다른 곳이면 얼마든지 괜찮아. 그렇게 주문을 외는데 채연은 딱 그 벤치로 걸어가 앉았다. 당황하는 티를 내고 싶지 않아 눈을 꾹 감고 앉았다. 다행히 아무 소리도 들리지 않았다.

"너도 대화 상대해 주는 앱 알지?"

채연의 물음에 나는 고개를 끄덕였다.

"애들 다 그 앱 깔고 거기서 나오는 목소리에 이름까지 붙여 주고 그러더라. 나는 그 앱 안 깔았거든."

"왜?"

"그냥 좀 이상해서."

채연이 물끄러미 하늘을 올려다봤다. 덩달아 나도 시선을 높이 들었다.

"난 사람이랑 얘기하고 싶어. AI 말고."

"편하긴 해. 언제든 내 말을 들어 주니까 내 편 같기도 하고, 좋은 점도 있고."

"어떤 게?"

"내가 어떤 말실수를 해도 걔는 상처받지 않으니까. 내가 심하게 말해도 '조언 감사합니다.' 그러고 말거든."

뜸을 들이다가 나는 꼭 물어보고 싶은 질문을 하나 던졌다.

오늘은 내가 아웃

"예전에 큰 실수를 했는데, 그 일을 까맣게 잊고 있었다? 나 진짜 쓰레기 아니냐?"

채연은 고개를 내리고 덤덤한 얼굴로 나를 바라봤다.

"나도 그런 적 있어."

"진짜?"

채연이 아주 작게 고개를 끄덕거렸다.

그때 개미 한 마리가 벤치 손잡이 부분을 기어 올라왔다. 무시하고 싶은데 그럴 수가 없었다. 내 눈길은 계속 개미만 내려다봤다. 너 혹시 그때 걔니? 개미가 말을 걸지 않기를 바랐다. 화들짝 놀라거나 어쩔 줄 몰라 하는 모습을 채연에게 보여 주고 싶지 않았다.

"실수를 인정하고 사과하면 되지 않을까?"

달을 쳐다보는지 채연이 다시 하늘로 눈길을 넘겼다.

"참! 내 짝꿍 이름이 인정이거든? 걔가 말이야……."

채연은 한참 동안 친구 이야기를 늘어놓았다. 조곤조곤 이어지는 그 목소리가 듣기 좋았다. 체리와 이야기 나누는 것보다 백만 배, 천만 배 더 좋았다. 다행히 꽃도, 개미도, 달팽이도 오늘은 잠잠했다.

집으로 돌아가는 길에는 내가 떠들었다. 채연은 내 이야기를 들으면서 "아." 또는 "응."이라고 계속 추임새를 넣어 주었다. 맞장구쳐 주는 그 애 목소리를 하루 종일 듣고 싶었다. 채연이 가족과 함께 돌아간 뒤 나는 방으로 들어와 서랍을 다시 열었다. 현재가 선물해 준 이어폰을 집어 들 었다.

*

태혁은 상담실에 불려 갔다. 학교 입장은 왕따 놀이를 한 죄보다 사물함을 망가뜨린 죄가 더 크다는 쪽이었다. 태혁은 반성문을 써야 했고 교내 봉사 활동 열 시간이 추 가됐다. 하지만 태혁이 받은 가장 큰 벌은 야구부 감독인 해준 아빠 눈 밖에 난 것이 아닐까.

교실에는 아직 남은 불씨가 있었다. 태혁의 야구 배트가 문제였다. 운동장도 아닌 교실에서 야구 배트를 휘두르는 것이 불편하다는 의견과 그 정도 소지품은 갖고 다닐 수 있다는 의견이 팽팽히 맞섰다. 그런데 학급 회의 도중 회 장이 나를 걸고넘어졌다.

"이현우, 넌 어떻게 생각해?"

"내 의견이 중요한가?"

"지금 애들 의견이 딱 반으로 갈리고 있잖아. 넌 어느 쪽이야?"

회장이 또랑또랑한 목소리로 말했다.

이쪽과 저쪽, 내 편과 네 편. 이런 것에 가장 관심 없는 사람이 있다면 바로 나일 거다. 그런데 그런 나더러 결정을 하란다. 어느 편인지 분명히 밝히란다. 반 아이들의 시선이 모두 내게 쏠렸다.

예전의 나라면 난 아무 생각 없으니 너희끼리 알아서 하라고 말했을 것이다. 그렇지만 이제 나는 그럴 수 없었다. 주머니에 손을 쑥 넣어 이어폰을 만지작거렸다. 현재 생각이 났다. 실수든 잘못이든 어쨌든 나 때문에 현재는 상처를 받았을 것이다. 그런데 나는 내가 실수했다는 사실도, 그 애한테 상처를 주었다는 사실도 말끔히 잊고 살았다. 이건 아니라는 생각이 강하게 들었다.

"내 생각엔……."

현재에게 사과하고 싶었다. 직접 만나서 하면 가장 좋겠지만, 그러기 힘들다면 전화로든 편지로든 상관없었다.

내 의견을 말하자 아이들 사이에서 가벼운 탄식이 흘렀다. 내가 현명한 판단을 내린 걸까? 그건 모르겠다. 중요한 것은 좋은 결정을 내리기 위해 최선을 다해 고민해 보는 거 아닐까. 고민했다면 용기 내어 의견을 말해 보는 거 아닐까.

그날 저녁 엄마가 웬일로 일찍 퇴근했다. 오랜만에 다 같이 둘러앉아 저녁을 먹었다. 설거지하는 엄마 등 뒤를 산만하게 오갔다.

"왜? 아이스크림 먹고 싶어?"

"그게 아니라……."

엄마 곁에 바짝 붙어 작게 소곤거렸다.

"현재 연락처 알아?"

엄마는 수도꼭지를 잠그고 내 쪽으로 시선을 돌렸다.

"현재? 미국 갔잖아. 엄마가 말 안 했나?"

"아, 그래?"

엄마가 얘기했을 수도 있다. 보나 마나 게임을 하거나 유튜브를 본다고 흘려들었겠지. 엄마는 다시 설거지에 집중했다. 할머니는 거실에서 텔레비전을 보고 있었다. 볼륨을 크게 해서 집 안이 쿵쿵 울릴 정도였다.

"미국에서 잘 산대?"

"그런가 봐. 다행이지. 한국에 있을 때 많이 힘들어했잖아."

그랬지. 그렇게 힘든 애한테 내가 상처를 보탰지. 할머니는 입버릇처럼 말했다. 사람이 남의 상처에 소금 뿌리면 못쓰는 법이라고. 그래. 나는 몹쓸 놈이다. 동생의 상처에 소금을 뿌려 놓고 뻔뻔히 잊고 산, 고약한 놈이다.

"연락할 방법 없나?"

"갑자기 왜?"

엄마 물음에 일부러 시큰둥하게 대답했다.

"그냥, 어떻게 지내는지 궁금하기도 하고."

설거지를 다 했는지 엄마가 고무장갑을 빼고는 휴대폰을 들었다.

"작은아빠 연락처 있어. 전화할래?"

"현재 메일 주소 알려 달라고 해 봐."

이튿날 아침, 작은아빠한테서 톡이 도착했다. 작은아빠는 현재가 그곳에 잘 적응하고 있다면서 현재의 메일 주소를 알려 주었다. 현재에게도 휴대폰이 있긴 하지만 일주일 사용 시간이 정해져 있다고 했다. 현재가 과제를 하지 않거나 해야 할 일을 하지 않은 경우에는 일주일 넘게 휴대폰을 쓰지 못한다는 말도 덧붙였다. 아이고, 여기나 미국이나 사는 건 쉽지 않구나. 한숨이 절로 나왔다.

문장을 고르고 골라 메일을 썼다. 몇 주 뒤, 현재에게서 답 메일이 왔다. 현재는 지금 오하이오주에 있다고 했다. 아시아인이 많이 사는 곳이 아니라서 학교생활에 적응하기가 어려웠단다. 한국 못지않게 왕따와 차별을 겪은 탓에 두 손 두 발 다 들었다나. 그래서 지금은 홈스쿨링을 하는데, 아주 좋다고 했다. 가끔 내 생각을 했다고, 먼저 메일을 보내 줘서 고맙다는 말도 덧붙였다.

메일은 이런 문장으로 끝났다.

형, 그때 형이 해 준 말이 나는 잘 기억나지 않아. 아마 그때 그런 말을 너무 자주 들어서 별생각이 없었나 봐. 아니면 어떤 순간에든 내 편인 사람이 있으니까 사람들의 가시 돋친 말을 튕겨 낼 수 있었는지도 몰라. 지금도 나는 매일 가족에게 고마워하고 있어. 가족이 아니었다면 잘못된 결정을 내렸을지도 모르거든.

나는 몇 번이나 가슴을 쓸어내렸다. 답장을 보내 준 현재에게 고마웠다. 현재가 그곳에서 평화롭고 행복하기를 빌었다.

나 자신과 약속을 하나 했다. 유튜브를 하루 다섯 시간 보든 말든 괜찮다. 성적이 나빠도 좋고, 하고 싶은 일이 없어도 상관없다. 다만 남의 가슴에 상처 주는 말을 함부로 내뱉지 않겠다. 이렇게 다짐해도 또 실수하고야 말겠지만 노력은 해 보고 싶다.

오늘은 내가 아웃

뭔가 새로운 시도를 해 보고 싶으면 단편을 썼다. 단편의 분량이 주는 자유로움에 기대어 새로운 시도 자체를 즐겼다. 그래서 SF를 잘 모르면서 덜컥 써 볼 수 있었다. 이 소설집에 실린 두 편의 소설을 SF 소설이나 과학 소설이라고 해도 될지 여전히 자신이 없지만 말이다.

　이렇게 어설픈 시도들을 계속 해 보고 싶다. SF, 판타지, 미스터리, 스릴러를 조금씩 공부해서 새로운 것을 써 보고 싶을 때마다 단편을 쓴다면 다음 소설집에는 어떤 소설들이 실리게 될지 궁금하다.

"나는 나의 최대 가능성을 원해."

　정세랑 작가의 『지구인만큼 지구를 사랑할 순 없어』에서 이 문장을 만났을 때 가슴이 쿵쾅거렸다. 나의 최대 가능성을 원해도 된다면 그것은 어떤 상태일까?

　최근에 『우리는 예술가다』라는 책에서는 이런 문장을 만났다. 코리타 켄트가 학생들에게 자주 했던 말이다.

"자신을 과소평가하지 말라. 큰 사람이 돼라."

아직까지 나는 한 번도 스스로를 만족시키는 소설을 써 본 적이 없다. 앞으로도 그럴지 모르겠다. 그렇지만 나는 내가 아주 더디게 성장하고 있다는 사실을 어렴풋이 안다. 그래서 나는 늘 궁금하다. 앞으로 나는 또 어떤 시도를 할까? 어떤 소설을 써낼까? 나의 최대 가능성은 무엇일까?

동시에 너무 많은 것을 기대하지 않으려고 애쓴다. 내가 아무리 버둥거려도 갑자기 소설의 완성도가 1에서 10이 될 수는 없을 테니까. 자꾸만 커지는 욕심과 기대를 꾹 누르려고 같은 문장들을 중얼거린다. 목표도 소중하지만 과정의 몰입이 더 중요하다고. 즐겁게 그리고 나답게 나아가자고. 글을 쓸 수 있다는 사실만으로도 충분히 기쁘고 감사하다고. 천천히, 그러나 놀랍도록 꾸준히 나아가서 내가 원하는 곳 가까이 가보자고.

원고를 꼼꼼히 살펴 준 편집부를 비롯해 이 책이 나올 때까지 고생해 주신 모든 분들에게 감사 인사를 전한다. 그리고 소설을 끝까지 읽어 준 독자분들께 두 손 모아 사랑의 인사를 전한다.

그 어느 때보다도 풍성할 가을을 기다리며.
탁경은

도움과 영향

오르트 구름 너머
– 크리스토프 갈파르, 『우주, 시간, 그 너머』, 김승욱 옮김, 알에이치코리아, 2017.
– 이윤기, 『이윤기의 그리스 로마 신화』 3권, 웅진지식하우스, 2004.
– 심채경, 「과학자 격려가 절실한 우주 탐사 시대」, 동아일보, 2021년 3월 27일.

엄마는 그곳에
– 아베 교코, 『아들이 사람을 죽였습니다』, 이경림 옮김, 이너북스, 2019.